AF215501

Helea H.
Botschafterin einer Armee der Wärme gegen eine eiskalte Übermacht

# Nach Dunkelheit kommt Licht

## Der Horror sapiens im Wandel

Herausgeber: Hammerschmitt
Email: helea500@web.de
Homepage: www.helea-hammerschmitt.de
ISBN : 978-3-7494358-9-0

1. Auflage 2019
Herausgeber: Hammerschmitt
27624 Geestland
Alle Rechte vorbehalten

Buch- und Covergestaltung: Helea Hammerschmitt
Lektorat: Mario Hammerschmitt
Herstellung & Verlag: BoD – Books on Demand, Norderstedt

Bilder von Fotolia/Adobe.com/paulrommer, christine krahl,
salome, hanabunta, heino pattschull, tsuneomp,

Kontakt: helea500@web.de
Homepage: www.helea-hammerschmitt.de

# Inhaltsverzeichnis

## 1. Kapitel

# Eine Reise in die Zeitlosigkeit

Die Wärme des Schlafes hatte meinen Körper noch in seiner sanften Gewalt, als ich fühlte, wie ich leise aus dem Nichts in die Realität hinüber glitt.

Nur langsam kam die Erinnerung. Wir, mein Mann und ich hatten es uns, wie so oft, am Strand in einem der vielen Strandkörbe gemütlich gemacht. Genussvoll lauschten wir dem sanften Takt der Wellen und empfanden die klaren Pfiffe der Möwen im Gleichklang mit dem Geschnatter der Gänse, die sich linkerhand in den Salzwiesen tummelten und den rechts auf den Deichen grasenden, blökenden Schafen als Orchester-Natur-Pur!

Abends gingen wir gerne hierher. Die Weite des Meeres, die untergehende Sonne, die ihr Rot in allen Schattierungen langsam ins silbern glitzernde Meer versenkte, war ein Anblick der in uns ein tiefes Glücksgefühl aufsteigen ließ und uns dankbar für die Größe und die Schönheit der Schöpfung machte. Stille – Frieden, kein Auto, kein Flugzeug!

Die Touristen, die hier tagsüber den Strand bevölkerten, waren um diese Zeit in den verschiedenen Lokalen beim Essen. Nur wenige saßen still auf den Bänken und ein paar Photografen versuchten die Stimmung ins Bild einzufangen. Hier fühlten wir uns fernab aller Hektik, Sorgen und Ängste.

Auch an diesem besonderen Abend genossen wir die wundervolle Stimmung und lauschten dem Wind und den Wellen mit geschlossenen Augen, um mit den naturgegebenen Geräuschen unser Inneres zu füllen und uns in einer sanften liebevollen Weise forttragen zu lassen.

Plötzlich kam Wind auf und mich erfasste Unruhe. Ich öffnete die Augen. Was ich sah, versetzte mich in Erstaunen.

Übers Meer kam in schneller Bewegung eine kleine Nebelwolke auf uns zugetänzelt und bevor ich Zeit fand dies in irgendetwas Begreifbares einzuordnen, stoppte es am Uferrand und aus dem Nebel heraus materialisierte sich eine Art Jetboot.

Ich traute meinen Augen nicht, schaute kurz weg, stupste meinen Mann an, um dann wieder hinzusehen und sah jetzt einen Mann dem Boot entsteigen.

Ich war wie hypnotisiert und als er uns mit einem Lächeln die Hand entgegenstreckte und liebevoll sagte: *Kommt, ich möchte euch etwas zeigen*, erhoben wir uns, gingen zu ihm, ergriffen seine Hand und stiegen bedenkenlos zu ihm ins Boot.

Langsam entfernten wir uns vom Strand und glitten einem Silberstreifen entlang, den die untergehende Sonne auf die Wellenbewegung des Wassers zauberte. Der Wind streichelte sanft mein Haar und die Strahlen der Sonne umarmten uns liebevoll. Kurz kam der Gedanke bei mir auf, dass wir nun tot seien und er uns abgeholt hatte, um uns in die andere Welt zu bringen.

Doch er lächelte, als hätte ich es laut ausgesprochen und sagte: *Eure Zeit ist noch nicht gekommen, ich muss euch noch einmal zurückbringen. Jetzt aber freut euch über eine schöne Reise, die ihr beide machen dürft.*

Immer weiter näherte sich unser Boot der untergehenden Sonne und irgendwann, einen kurzen Augenblick nur, dachte ich an das Dunkel, das uns gleich in Empfang nehmen würde. Wir waren mitten auf dem Meer und es schien als hätte der Horizont den Strand, an dem wir eben noch gesessen hatten, verschluckt.

Er war nur noch ein Gedanke und außer dem leisen Plätschern des Wassers, wenn es versuchte seinen Platz im Meer der Wellen zurück zu erobern, von dem es vom Boot verdrängt worden war und dem Flüstern des Windes war nichts zu hören. Zeitweise hatte ich das Gefühl, wir würden durch die Luft fliegen.

Ich fühlte eine große Wärme in mir. Es gab keine Zeit und unbegrenzte Liebe hüllte uns ein. Ich fühlte auch Vertrauen und trunken vom Gefühl der Ruhe in meinem Inneren und der Vollkommenheit des Daseins, ergab ich mich der Zeitlosigkeit.

Als wir an einem langen Steg anlegten, waren wir voll der Erwartung auf das was kommen würde. Wir verließen über den Steg den Platz, an dem wir das warme Glück der Zeitlosigkeit hatten erleben dürfen.

Unser Begleiter führte uns zu einem Durchgang eines großen Felsmassivs, welches sich nicht weit vom Steg entfernt erhob. Es sah aus, als trennten sich hier zwei Welten. Alles befand sich in spürbarer Harmonie. Erstaunt nahm ich dies alles wahr und es machte mich sehr neugierig auf das, was uns hinter den Felsen erwarten würde.

Schon jetzt hatte ich das Gefühl von leichter werden, so als fiele mit jedem weiteren Schritt eine starre, schwere Masse von mir ab. Auch wurde es immer heller, Farben nahm ich viel kräftiger wahr und ich sah in der Ferne einen See glitzern.

Mein Mann zögerte noch, sagte: *Ich weiß nicht, ob ich das Recht habe, mit dir da hinein zu gehen?*

Doch ich nahm ihn an der Hand und als wir den Felsdurchgang passiert hatten, eröffnete sich uns eine wunderschöne bunte Blumen- und Gräserwiese. Niemals zuvor habe ich so intensive Farben gesehen und solche hübschen Blumen und Gräser, die sich leicht, in Bewegung eines leisen Windhauchs, uns zuneigten. Wir fühlten uns von ihnen freundlich begrüßt.

Zwischen den Blumen schlängelten sich kleine Wege aus allen Richtungen kommend zum See hin. Die Wege selbst formten sich aus Farbnebeln, welche bei jedem Schritt kleine Wölkchen springen ließen. Es war ein bisschen wie Seifenblasen hinterher jagen. Das war lustig und animierte mich dazu, mit den Nebelwölkchen zu spielen.

Seltsamerweise wechselten sie öfter ihre Farbe. Zunächst glaubte ich, es läge am Lichteinfall, der die Farben der Blumen im Sonnenlicht spiegelte. Doch als ich dahinter kam, was wirklich die Farbveränderungen auslöste, war ich nicht nur erstaunt sondern auch betroffen.

Es war meine eigene Emotion, die dies zustande brachte. Ging ich fröhlichen Schrittes, zeigten sich die Wölkchen in hübschen festen Farben. Tänzelte ich den Weg entlang, zeigten sich Pastelltöne. Hüpfte ich auf die Wölkchen, verdunkelte sich die Farbe. Das war erstaunlich.

Ich machte Tests, hüpfte, sprang, tanzte oder ging gemäßigten Schrittes und musste erkennen, dass meine Gefühlslage nicht nur die Farbwölkchen beeinflusste, sondern gleich auch die ganze Umgebung. Die Intensität der Farben veränderte sich, auch der Weg selbst und je näher es zu mir war, umso stärker war die Veränderung. Ich überlegte, ob dies auch im Leben so ist und unsere Stimmung die Umgebung mit beeinflusst?

Hilfesuchend sah ich mich nach unserem Gefährten um. Er war die ganze Zeit hinter uns gegangen und ich hatte ihn fast vergessen. Jetzt lächelte er uns zu und als ich fragte: *Was ist das?* antwortete er: *Du weißt es schon.* Also musste es richtig sein, dass unsere Stimmung die Umgebung veränderte.

Langsam näherten wir uns dem See, der das Blau meiner Augen hatte.

Das Felsmassiv schien innen aus lauter Kristallen zu bestehen und erschloss sich rund um den See und der Umgebung. Es gab wunderschöne Farben ab, die sich im Wasser spiegelten. Nach oben hin war alles offen, sodass die Sonne den See und die ganze Gegend erleuchten konnte.

Ich betrachtete meinen Mann und auch mich selber und sah ein kunterbuntes, fast aufgeregtes Farbenspiel. War das nicht genau unsere Gefühlslage in diesem Moment?

Leise Klänge ertönten und kurz darauf setzte Wind ein, zuerst als Hauch wahrnehmbar, verstärkte sich kurzfristig und ebbte dann abrupt ab. Zeitgleich materialisierten sich drei Wesen vor uns, weder als Mann noch als Frau erkennbar.

Sie waren sehr hübsch anzusehen und strahlten Sanftheit, Stärke und Vertrauen aus. Jedes einzelne Wesen schien für eine Eigenschaft zu stehen, die sich folgendermaßen unterteilte:

| Sanftheit: | Stärke: | Vertrauen: |
| --- | --- | --- |
| liebevoll | Kraft | Vertrautheit |
| freundlich | Wissen | Verstehen |
| umarmend | planend | Toleranz |
| streichelnd | anpackend | Harmonie |
| heilend | tun | Liebe |

Augenblicklich waren mir drei Individualitäten bewusst, wobei nur jede in Verbindung mit den anderen beiden eine Einheit ergab. Jede war in sich unvollkommen, nur in Gemeinsamkeit wurden sie zur Vollkommenheit.

Ich sah einen Baum vor mir, der nur mit Wurzel, Rinde und Blättern vollkommen war. Ein Meer, das durch die einzelnen Tropfen erst zum Meer wurde. Wolken, die aus vielen kleinen Tröpfchen bestanden und erst durch die von der Sonne erwärmte Erdoberfläche zu verdunstendem Wasser und dann zu Wassertröpfchen wurden. Immer wird Vollkommenheit nur in Verbindung mit anderem erreicht.

Nichts scheint für sich selber vollkommen. Das verwirrte mich.

Streben wir Menschen nicht immer nach Vollkommenheit? Wir wollen die Besten sein, die Intelligentesten, die Schlauesten, die Schönsten usw.. Dies ließe sich unendlich fortsetzen. Liegt hierin etwa die fehlende Zufriedenheit der Menschen?

Ich begriff, dass Vollkommenheit nur in Verbindung mit anderem und anderen erreicht werden kann und erst damit Zufriedenheit möglich wird. Dass jedes einzelne Individuum zur Ganzheit beiträgt und niemand für sich alleine ganz sein kann.

Ist Einheit erst in der Vielfalt möglich?

Mir schwirrte der Kopf.

Meinen Überlegungen wurde ein Ende bereitet, weil es plötzlich ein hübsches Farbenspiel gab. Als wieder Wind aufkam, lösten sich die Drei mit einem Lächeln auf und entwichen als tänzelndes farbiges Nebelwölkchen, wurden immer durchsichtiger und verschwanden letztendlich ganz.

Das war so beeindruckend, dass wir erst einmal in Sprachlosigkeit versuchten das gerade Erlebte in einigermaßen verständliche Gedanken zu ordnen, um eine Erklärung für alles zu haben. Wir ließen uns am See nieder und unterhielten uns sehr lange über das bisher Erlebte.

Einige Zeit später beschlossen wir im See zu baden. Wir tollten durch das Wasser, bespritzten uns, alberten herum und genossen die Harmonie der Situation und die Leichtigkeit der Atmosphäre. Und wieder kam nach einer Weile Wind auf und wir wurden abrupt gemeinsam in die Tiefe gezogen, spürten

Materie dichter und schwerer werden und landeten wieder an unserem Ausgangsort.

Aneinandergelehnt im Strandkorb, fanden wir uns in der Erddichte und der Schwere der Materie wieder aus der uns das Boot abgeholt hatte, um uns in die Zeitlosigkeit zu bringen.

Wir versuchten die Zeit einzuschätzen in der wir „unterwegs" gewesen waren. Es gelang uns nicht.

Noch beeindruckt vom Gewesenen, ließen wir unsere „Reise" noch einmal Revue passieren und fragten uns, was wohl der Grund gewesen sei, Zeitlosigkeit erleben zu dürfen. Wir ließen unsere Überlegungen dann aber ruhen und marschierten noch immer in stiller Verwirrung Hand in Hand unserem Zuhause entgegen.

Über die grüne Wiese, den Deich hinauf, führte unser Weg. Als wir die Spitze erreichten und einen Überblick über den kleinen Ort hatten der von Wiesen und Feldern umgeben war, hielten wir inne. Alles war vertraut wie immer, und doch war etwas Grundlegendes anders.

Das ganze Land erstrahlte in den schönsten Farben. Intensive Grün- Ocker- und Brauntöne übersäten das Land und der Blick auf den Ort zeigte viele bunte Farben.

Staunend betrachteten wir das uns doch so bekannte Terrain. Wir kamen uns vor, als wären wir auf LSD mit seiner Intensität in der Wahrnehmung. Oder hatten wir dieses intensive Farbenspiel von unserer „Reise" mitgebracht?

Noch einmal schauten wir zum Meer zurück und erkannten auch hier ein farblich abgestimmtes Spiel in der Wellenbewegung. Von weiß, über hellgrau, dunkelgrau, hell- und dunkelblau in verschiedenen Tönen, bis hin zu schwarz, war alles mit kleinen Silbersternchen überzogen und plätscherte vor sich hin – wunderschön! Wir waren sprachlos.

Jetzt wollten wir es genau wissen und steuerten den kleinen Küstenort an. Im Grunde war alles so, wie es immer war. Kleine und größere Häuser reihten sich aneinander, von Gärten umgeben, in denen hier und da Menschen ihre Pflanzen pflegten. Doch was auffiel, waren die Dächer der Häuser. Es gab keine Ziegeldächer, alle waren begrünt. Später erfuhren wir, dass die Menschen damit der Natur an Ort und Stelle das zurückgaben, was sie ihr durch die Hausbauten entnommen hatten. Gleichzeitig dienen diese Dächer der Tierwelt, den Insekten, den Bienen, die hier von Menschen ungestört ihrer Arbeit und ihrem Leben nachgehen können. Gleichwohl isolieren sie die Häuser im Sommer bei allzu großer Hitze und im Winter schützen sie vor Kälte. Sie reinigen die Luft, verzögern bei Regen den Abfluss und schützen damit vor Überschwemmungen. Was für ein einfaches geniales System wenn man nicht in Profitgier gefangen ist, sondern zum Wohle aller Wesen und der Erde in Planung geht.

Alle Häuser erstrahlten in freundlichen Farben und manche waren mit wunderschönen Motiven bemalt. Hier waren Künstler am Werk gewesen und jedes Haus schien seine eigene Geschichte zu erzählen oder eine Botschaft kund zu tun.

Selbst die Straßen und Bürgersteige waren nicht asphaltgrau. Alles war freundlich angelegt und stimmte einen fröhlich.

Erstaunlich war auch, dass keine Autos zu sehen waren. Doch überall in den Einfahrten und auf den Straßen entdeckten wir kleine hübsche Fahrzeuge in den unterschiedlichsten Ausführungen. Seien es Roller, Fahrräder, mit oder ohne Überdachung, mit oder ohne Transportmöglichkeit oder nur für eine Person und auch für mehrere. Der Kreativität waren hier scheinbar keine Grenzen gesetzt worden. Später erfuhren wir, dass es keine alleinbestimmenden Konzerne mehr gab. Jeder konnte die Gestaltung nach den eigenen Bedürfnissen vollziehen, solange es keinen Schaden anrichtete. Hierfür gab es Beratungs- und Ideen-Umsetzungsstellen, wo man gemeinsam mit Fachkräften das für sich passende zusammenstellen konnte.

In den Ortschaften waren keine Autos mehr gewollt. Fortbewegung in näherer Umgebung und zum Einkaufen oder Sonstigem war mit diesen kleinen Fahrzeugen oder zu Fuß möglich. So wurden Staus verhindert, es gab genug Park- und Abstellmöglichkeiten und war für die Menschen, vor allem für die Kinder und die Alten nicht mehr so gefährlich.

Dennoch gab es auch schnellere und größere Autos. Diese aber wurden nur für Langstrecken benutzt und nicht mehr als 1-Mann-zur-Arbeit-Pendler oder zum Supermarkteinkauf.

In die Ortschaften durften sie nicht. Das wollten die Menschen nicht mehr. Deshalb waren vor den Ortschaften Einfahrten zu unterirdischen Parkhäusern gebaut worden, in denen man Stellplätze hatte und den Wechsel von Klein- auf Großfahrzeuge vornehmen konnte und umgekehrt.

Jetzt erklärten sich uns auch die, später von uns entdeckten Plätze, die wir gesehen hatten und an denen die verschiedenartigsten Aktivitäten stattfanden. Diese fanden sozusagen auf den Dächern der Parkhäuser statt. Wir fanden das optimal genutzt.

Was wir auch erfuhren war, dass es verschiedene Antriebsarten gab. Die Menschheit hatte vieles ausprobiert und einiges brauchbare herausgefunden, sodass es keine giftigen Abgase mehr gab. Und es gab auch nicht mehr die Raffgier der Politik wie bei den Benzinpreisen unserer Zeit. Hier ging es einzig um schadstofffreie Mobilität, die jeder nutzen und die sich jeder leisten konnte.

Aber erstmal war dies alles für uns sehr verwirrend und noch immer kamen wir uns vor, als wäre uns eine halluzinogene Droge verabreicht worden.

Wir beschlossen erst einmal nach Hause zu gehen, um dort wieder in „Normalform" zu kommen.

Aber auch hier zeigte sich alles von einer anderen Seite. Die Farben, mit denen wir die Wände gestrichen hatten, waren intensiver und die Bilder, mit denen wir sie geschmückt hatten, erzählten alle eine Geschichte.

Und als mein Mann die Musikanlage betätigte, trafen uns Klang- und Melodienfolge mitten ins Herz.

Ich kam aus der Küche angelaufen, in der ich gerade dabei war ein kleines Abendbrot für uns beide zuzubereiten. Es lag soviel Wärme, soviel Friede in der Luft, dass wir uns umarmten, um diesen sehr intensiven Augenblick gemeinsam zu genießen. Dann gingen wir beide in die Küche und werkelten hier gemeinsam.

Ein schön gedeckter Tisch, auch für einen nur kleinen Snack, ist für uns Wunschprogramm. Vielleicht, weil wir beide Künstler sind und dem Schönen, der Ästhetik deshalb sehr zugeneigt.

Für uns hat das gemeinsame Essen mit Gemütlichkeit und Austausch zu tun. In einer hektischen Zeit, in der jeder in eine andere Richtung rennt und jeder zu anderen Zeiten sich schnell mit irgendetwas den Magen füllt, da können keine Gemütlichkeit und kein Austausch stattfinden. Da gibt es keine Gemeinsamkeit. Das wollen wir nicht.

Wir hatten uns seinerzeit zusammengetan, um Gemeinsamkeit zu leben. Und das taten wir, immer in Respekt und Achtung zum Partner und zu dem was wir taten.

Später am Abend, machten wir es uns vor dem Fernseher gemütlich. Die Überraschung war groß als wir feststellten, dass in all den verschiedenen Programmen weder Werbung noch Nachrichten gesendet wurden. Wir zappten durch die ganze Vielfalt der Programme und konnten es kaum glauben. Aber es war so.

Dann entdeckten wir doch noch einen Sender der verschiedene Artikel vorstellte. Dies geschah in sachlicher Weise. Auch die alle 10tel Sekunden – Bildwechsel blieben aus. Man konnte sich ganz in Ruhe ein Bild von dem Artikel machen. Dadurch hatten wir das Gefühl, richtig beraten zu sein.

Waren wir von der Werbung nur gewöhnt, dass unser Gehirn heftig mit Fremdwörtern und nicht nachvollziehbaren Bezeichnungen behämmert wurde, um den Artikel auch wirklich als „must-have" zu erkennen, war er doch schon bei der nächsten Werbung wieder vergessen, denn da kam ein neues „must-have."

Viel Geld wird seit Jahrzehnten in die Werbung gesteckt und dem Kunden das Hirn damit verdreckt. Dafür darf er dann auch noch bezahlen.

Eine sachliche, verständliche Vorstellung der Artikel wäre ehrlicher und würde der Gesundheit der Menschen gut tun.

Sich einen schönen Film anzusehen kann Ruhe und Entspannung, vielleicht nach einem arbeitsreichen Tag, in das Leben bringen. Nicht aber, wenn alle paar Minuten Werbung dazwischen haut. Schlaflosigkeit, Nervosität bis Burnout, alles ist drin.

Nun, wie wir nach einer Weile feststellen konnten, wurde das hier anders gehandhabt. Es gab Informationssender, die auf die Suche eines Artikels eingestellt werden konnten. Zum Beispiel: Waschpulver.

Verschiedene Hersteller stellten hier ihre Produkte vor. Immer in klarer Formulierung und in durchsichtig, verständlicher Ausführung der Anwendung und der Bestandteile. Kein Kunde musste vorher ein Chemiestudium absolvieren um entscheiden zu können, wie viel Chemie er Einlass in sein Leben und in seinen Körper gewähren möchte.

Eine wirklich tolle Sache.

Auch schien innerhalb der verschiedenen Sender keine Konkurrenz zu bestehen. Jeder Sender war auf ein Gebiet spezialisiert, sodass der Zuschauer klar entscheiden konnte, ob er heute einen Film einer bestimmten Kategorie sehen wollte oder eher eine Quizsendung, Musik, Nachrichten oder sonst etwas. Man klickte zum Beispiel Abenteuerfilm an und schon erschien eine Auswahl dieser Sparte. Jetzt musste sich der Kunde nur noch entscheiden.

Mit diesem System wurde jede Geschmacksrichtung und Vorliebe bedient. Das verhinderte, dass bei 100 Sendern, auf 80 Sendern Krimis liefen, die im Konkurrenzkampf miteinander lagen.

Alles war übersichtlich und viel Arbeitszeit wurde eingespart, die die Menschen jetzt anderweitig nutzen konnten.

Später erfuhren wir, dass die Intendanten der Sender sich zusammengetan hatten. Jeder war verantwortlich für eine bestimmte Rubrik, für ein bestimmtes Themengebiet und gab da sein Bestes. Und wie die Croupiers in den Spielcasinos, erhielten alle die Einnahmen zu gleichen Teilen. Dadurch fiel der Stress des Konkurrenzdenkens weg. Es zählte nur der Gedanke, seinen Mitmenschen Freude und Entspannung zukommen zu lassen. Finanziert wurde das Ganze vom Kunden, wie heute mit einer Flatrate, einem Pauschalpreis wie beim Telefon.

Mehrere Abende weiter fanden wir heraus, dass keine Gewalt mehr gesendet wurde. Selbst die Nachrichten, die hiesigen und die aus aller Welt wurden zwar kurz erwähnt, doch ohne blutrünstige Aufzeichnungen. Eher wurden die schönen Dinge und Geschehnisse des Lebens und der Welt gezeigt. Der dunklen Seite des menschlichen Daseins wurde

kaum noch Raum gegeben, war fast nicht mehr vorhanden. Viel Angst fiel dadurch weg und Fernsehen
hatte plötzlich Vorbildfunktion.

Die Alten hörten auf mürrisch zu sein und die Jungen lernten, dass ein Miteinander sehr viel schöner
war, als immer nur im Konkurrenzdenken aufeinander loszugehen.

Es war unglaublich, was wir in den nächsten Tagen
und Wochen für Veränderungen im Gesellschaftssystem kennenlernen durften.

Ein großes Wir-Bewusstsein hatte stattgefunden. Die
Menschen achteten einander. Jeder ließ jeden leben.

2. Kapitel

# Artgerechte Kinderhaltung

Kinder wurden nicht mehr abgeschoben. Man hatte erkannt, das die Kindheit den Mensch durch das ganze Leben trägt. Aber auch, dass sie oft als schwere Last durch das ganze Leben geschleppt werden muss ohne sie jemals loswerden zu können. Deshalb hatten Eltern jetzt Zeit sich um ihre Kinder zu kümmern. Zeit deren mitgebrachte Anlagen zu erforschen. Zeit mit ihnen zu spielen, Zeit sie behutsam ins Leben und in die Welt zu führen und Zeit sie zu lieben.

Eltern sahen sich als Verantwortliche für das ganze Volk. Würden sie ihrer Aufgabe nicht gerecht werden, käme ein gestörtes Volk dabei heraus.

Sie fühlten sich verantwortlich, ihren Kindern ein stabiles Fundament, auch in Beachtung der Bodenbeschaffenheit (der ins Leben mitgebrachte Anlagen) mit ins Leben zu geben. Ihnen Werte zu vermitteln, die nicht nur ihnen selber dienten, auch nicht nur ihren Familien oder ihrem Land, sondern der ganzen Welt und auch den Generationen nach ihnen. Sie wussten, dass sie die Kinder bekommen würden, die sie durch ihre Führung verdient hätten. Daraus entstand dann das Volk.

Hat man in unserer Zeit Kinder nur als heranwachsende Arbeitsmaschinen gesehen, brachte man ihnen hier große Achtung und Aufmerksamkeit entgegen

Wir bekamen Gelegenheit, eine Zeitlang in einer Familie mit drei Kindern, von einem, fünf und sieben Jahren, Gast sein zu dürfen.

Als erstes fiel uns auf, dass schon der Morgen ganz anders verlief als wir das kannten. Kein Wecker klingelte und das Aufstehen erfolgte in einer Art Familienrhythmus. Wer zuerst wach war, machte das, was gerade anfiel, zum Beispiel das Frühstück. Es gab kein Unterordnen zu Schul- oder Geschäftszeiten. Es gab lediglich ein familienbezogenes Anpassen.

Kein Stress, kein Gemaule, kein Herumgeschreie. Der Vater, der hier in der Regel immer als Erster wach war, bereitete das Frühstück vor, während die Mutter sich um die erwachenden Kinder kümmerte.

Das kleine Baby hatte Vorrang, da es noch kein Unterscheidungsvermögen für zeitliche Abläufe und deren Organisation entwickeln konnte.

Wenn es Hunger hatte, wollte es essen und wenn die Windel nass war, wollte es trockengelegt werden.

Den beiden anderen Kindern war dieses Verhalten durch das Vorleben und der Aufklärung der Eltern verständlich. Sie versuchten deshalb möglichst selbständig Waschen, Zähneputzen und Anziehen zu bewältigen. Halfen sich gegenseitig und konnten, wenn sie nicht weiterwussten, jederzeit Mutter oder Vater ins morgendliche Ritual einbeziehen. Niemals haben wir Unmut, weder bei den Kindern, noch bei den Eltern gespürt. Ein wunderbarer Ablauf eines stressfreien Morgens.

Letztendlich saßen alle fröhlich am Frühstückstisch und besprachen das Programm des Tages jedes Einzelnen. Jedem wurde Aufmerksamkeit entgegengebracht und damit das Gefühl von Wichtigsein gegeben. Niemand fühlte sich zurückgesetzt oder nicht beachtet. So ging jeder gestärkt und fröhlich in den Tag.

Oft zogen mein Mann und ich uns in unseren Strandkorb am Meer zurück, um das Erlebte zu besprechen. Und wir zogen Vergleiche zu unser beider Kindheit.

Er wurde gleich bei seiner Geburt zur Adoption freigegeben und ins Heim gebracht. Erst, als er fast fünf Jahren alt war, adoptierte ihn ein Ehepaar.

Bis dahin hatte es keinen Tag, keine Stunde, nicht einmal eine Sekunde gegeben, an der er wichtig gewesen wäre. Auch Verantwortung zu tragen war nicht Programm in seinem kleinen Leben. Er hatte lediglich zu funktionieren, sich möglichst unauffällig zu verhalten und für den Hausmeister des Heimes für dessen sexuelle, perverse Gelüste und Handlungen greifbar zu sein. Ein kleines Kind, in einem Leben voller Angst, die keinen Platz für Empathie (das Einfühlen in Andere) zuließ, sondern sich nur um das eigene, möglichst bestrafungsfreie Überleben drehte. Angstvolle Verdrehungen und Schuldzuweisungen an andere waren seine einzige Verteidigung.

Liebe und Achtung hat dieser kleine Mensch nie kennengelernt. Sein einziger kleiner Freund dort wurde wegadoptiert. Übrig blieb ein Feuersalamander, der auf einem aufgeschichteten Steinhaufen öfter ein Sonnenbad nahm. Dort konnte er ihn beobachten und ihm seine stille, am Reifen gehinderte Liebe geben.

Dieses von Geburt an malträtierte Kind hätte einer weisen, einfühlsamen Behandlung bedurft. Bekommen hat es Adoptiveltern, die in Überforderung mit Schlägen und Demütigungen versuchten Zucht und Ordnung durchzusetzen, ganz dem Zeitgeist entsprechend.

Ich selber wuchs in einem Eiswürfel auf. Immer entsorgt wegen zwei, durch Arbeit überforderte Elternteile. Keine Zeit für Lob, keine Umarmung an die ich mich erinnern könnte, kein *ich liebe dich*.

Mit acht Jahren flüchtete ich über den Zaun aus der Entsorgung. Ab da war ich ein vogelfreies Schlüsselkind – endlich frei – rennen, rennen, rennen! Aber auch ein Kind ohne Anbindung. Über mein blutendes Knie, wenn ich gefallen war, musste ich alleine weinen und es erstmal selber behandeln, bis meine Mutter abends nach Hause kam. Dann hatte ich ein schlechtes Gewissen, weil ich ihr Arbeit machte und behielt Blessuren, die ich mir am Tage zugezogen hatte, möglichst für mich.

Oft ging ich voller Sehnsucht nach Zugehörigkeit in die Berge (ich wuchs im Allgäu auf) um eine Alm zu finden. Dort waren, meiner Vorstellung nach, Bauer, Bäuerin, die Magd und der Senn an einem Tisch versammelt. Hund, Katze und Kühe gehörten mit dazu und auch ich wollte gerne dazu gehören – wollte mit in der Gemeinschaft sein. Ich fand keine Alm, weil diese viel höher lagen und so wanderte ich mit meinem Alleinsein wieder zurück in den Ort.

Oft ging ich dort zum Friedhof und verteilte in großem Gerechtigkeits- und Mitleidsdenken Blumen, die auf vielen Gräbern üppig wuchsen oder in Vasen standen, auf die Gräber, auf denen keine Blumen blühten.

Mit den Verstorbenen hatte ich kein Problem. Die hatten Zeit für mich, liefen nicht in großer Geschäftigkeit fort und schätzten lächelnd meine liebevolle Aktivität. Ich wusste schon immer, dass es nach dem körperlichem Tod ein Leben gibt, deshalb waren sie für mich präsent.

Bis zum Schluss lechzte ich nach der Anerkennung meiner Mutter, meiner Familie. Ich habe sie nie erhalten.

Der Eiswürfel, meine Familie, taute auch in den nächsten zwei Generationen nach mir nicht. Aber erst im Alter schaffte ich es, die Familienbande zu durchtrennen.

Wir waren zwei traurige, einsame Kinder.


Umso mehr beeindruckte uns das Leben dieser Familie. Was nicht zuletzt daran lag, dass das ganze System des Landes und der Erde sich verändert hatte. Das Bewusstsein der Menschen war ein anderes geworden.

Nicht ausschließlich der Wirtschaftsgedanke mit seinem Getriebensein wie in unserem Zeitalter hatte Priorität, sondern der Mensch stand an erster Stelle.

Für uns war dies ein nicht leichtes Unterfangen. Wir waren noch immer in Unruhe, getrieben von den an uns gestellten Anforderungen unseres Systems und der Angst, diese nicht bewältigen zu können. Getrieben auch von dem Misstrauen unseren Mitmenschen gegenüber. Ohne Vertrauen zu seinen Mitmenschen, seinem Land und dessen System zu sein, macht einsam und beinhaltet große Unsicherheit.

Mittlerweile war uns klar geworden, dass wir auf einer Zeitreise waren. Der Gedanke, dass wir irgendeiner Droge zum Opfer gefallen waren, hatte sich nicht bestätigt.

Wir waren eindeutig in die Zukunft versetzt worden. Und diese lag nicht sehr weit von unserem Zeitalter entfernt. Unbemerkt von den meisten Menschen hatte der Wandel schon bei uns begonnen. Nur wenige konnten wegen dem Stress und der Angst in der sie lebten, dies bemerken.

Der Mob hatte sich noch  kräftig ausgetobt. Er spürte, dass seine Macht zu Ende ging und in großer Angst um seine Wertigkeit schlug er verzweifelt um sich. Nicht mehr fähig zu denken.

Deshalb waren auch die meisten Menschen der Ansicht, dass alle Menschen verrückt geworden waren, vor allem die Regierenden. Und so benahm sich auch die Natur. Mehr Überschwemmungen, Vulkanausbrüche, Stürme, Wetterveränderungen, Erdrutsche und einiges mehr. Viele haben ihr Leben lassen müssen.

Die Erde hatte sich den darauf lebenden Menschen angepasst. Ihre Gedanken und ihr Tun übernommen und führte jetzt Krieg gegen die Menschen die die Erde bevölkerten, sie nicht zu schätzen wussten und sie für Profit erbarmungslos ausbeuteten. Es war eine Wohltat zu sehen, dass die Menschheit in der Zukunft doch den Wandel hinbekommen würde.

Es war aber auch eine große Herausforderung für uns, denn wir beide steckten mit unseren Gedanken und Gefühlen noch tief in unserem Zeitalter.

Mein Mann war voll des Feuers, welche die Vulkane spuckten und ich war bepackt mit Ängsten vor den immer wieder erlebten unkontrollierten Ausbrüchen der Menschen und ihrer Dummheit.

Ich war/bin eine der in der Minderheit lebenden, hochsensiblen und sensitiven Menschen, auf die jede Begebenheit in geballter Form trifft, die oft Dinge voraussehen können und Zusammenhänge direkt erfassen. Dadurch leben diese Menschen in ständiger Überforderung, fühlen sich unverstanden und auf der Erde oft deplaziert. Sie fühlen sich „verkehrt," bis sie, meist erst in späteren Jahren erfahren und begreifen, warum sie sind wie sie sind. Dann müssen sie lernen ihre große Hilfsbereitschaft, die sie allen Wesen der Erde zukommen lassen wollen, zu reduzieren und sich die Ruhe gönnen, die sie brauchen, um die vielen Eindrücke des Tages zu verarbeiten.

Dennoch stellten wir uns den neuen Gegebenheiten. Wir waren neugierig und in unserem Strandkorb sitzend beschlossen wir, diese Reise als Forschungsreise zu betrachten.


In dieser Familie wurde uns bewusst, wie viele Defizite wir aus der Kindheit mitgebracht hatten und wie viele Bedürfnisse nicht gedeckt worden waren. Doch es gab keine Chance mehr dies aufzuholen.

So saugten wir alles auf was diese Familie uns bot und befanden uns ständig auf Beobachtungsposten.

Wir erfuhren, dass nicht die Menschen auf die Arbeitszeiten eingestellt wurden, wie das bei uns der Fall war, sondern die Arbeitszeiten auf die Menschen zugeschnitten waren. So belegten die Frühaufsteher die Morgenschichten, die Langschläfer die Mittags- und Nachmittagsschichten und die Nachteulen die Abend- und Nachtschichten. Jeweils zu den, auf die betreffenden Menschen angepassten Stunden.

Bei diesem System war es möglich, dass Familien oder Paare wenigstens einmal am Tag die Mahlzeiten gemeinsam einnehmen konnten. So auch bei unserer Gastgeberfamilie.

Auch Kindergärten und Schulen waren nach diesem System ausgerichtet. Man sah keine noch verschlafenen Kinder in ihren gelben Sicherheitswesten über die Straßen wanken. Und auch keine gehetzten Eltern, die noch schnell vor der Arbeit ihre Kinder entsorgen mussten, ohne die Zeit zum gemeinsamen Frühstück gehabt zu haben. Jede Familie und jedes Paar konnte sich auf seine jeweiligen Bedürfnisse einstellen.

Für die Firmen war dieses System von Nutzen. Es gab niemals einen krankheitsbedingten oder sonstigen Ausfall. Die Schichten wurden untereinander einfach und unbürokratisch getauscht und in Eigenverantwortung auch untereinander finanziell geregelt.

Zu erwähnen wäre auch die Konzentration, die bei langen Arbeitszeiten unweigerlich nachlässt und dadurch nicht mehr die volle Leistung erbracht werden kann. Dies war hier anders.

Unsere Frage, ob bei diesem System denn das Geld auch zum Leben reichen würde, quittierten sie mit einem Lächeln.

Es reichte besser als vorher. Viel Unsinniges war abgeschafft worden, sodass es für jeden Bürger der Erde für ein Grundeinkommen reichte. Die dadurch neu erworbene Lebenszeit bot so viel mehr Raum für Alternativen. Man konnte aus seinen Hobbys etwas machen, mit Freunden gemeinsame Projekte starten oder sonstige Ideen umsetzen.

Die Menschen waren gelassener. Sie waren nicht mehr getrieben von einer ausschließlich dem Wirtschaftsgedanken verfallenen Regierung. Das setzte andere Prioritäten.

Ein gemeinsames Treffen mit Freunden war mehr wert, als ständig zu versuchen sich mit neuen Errungenschaften zufrieden zu stellen, was immer nur kurze Zeit vorhielt. Danach machte man sich wieder hechelnd auf die Suche nach einem neuen Befriedigungsprodukt.

Es war wichtiger, Zeit zu haben und das zu tun woran das Herz hängt. Zeit für selbständiges Handeln, auch wieder Zeit in sich hineinzuhören um seine Bedürfnisse orten zu können und vor allem Zeit für seine Familie zu haben. Das alles war einfach wundervoll.

Die Menschen durften und konnten wieder zufrieden sein. Es gab auch wieder intakte Familien. Die Alten waren nicht mehr einsam, weil sie mit ins Leben eingebunden waren und die Kinder wurden nicht mehr entsorgt.

Es gab Kinderhäuser - keine Kitas (Kinder-Internierungs-Tages-Anstalten). Kein Kind wurde gezwungen den ganzen Tag in einer Kita zu verbringen, um dann abends von gestressten Eltern ins Bett gebracht zu werden. Und es gab keine Eltern, die ihre Kinder nur schlafend sahen. Es gab auch nicht solch eine Menge alleinerziehender Elternteile, weil die Ehen und Partnerschaften jetzt Zeit für ein Miteinander hatten. Dadurch konnte Gemeinsamkeit gelebt und Missstände eher erkannt und daran gearbeitet werden.

Es gab aber Zeit mit seinen Kindern wirklich eine Familie sein zu können.

Die Kinderhäuser dienten nicht der fremdmanipulierten Unterbringung der Kinder, in denen eigenes Denken durch immer neue Aktivitäten unterdrückt wurde.

Sie dienten auch nicht dazu, Eltern Zeit zu verschaffen um ausschließlich der Wirtschaft zu dienen.

Sie dienten dazu, schon frühzeitig ein von Achtung getragenes Miteinander mit den verschiedenartigsten Charakteren zu erlernen. Nicht derjenige der am lautesten schrie, die hässlichsten Ausdrücke von sich gab oder zuschlug setzte sich durch, wie bei uns oft, sondern der Einheitsgedanke.

Niemand durfte Angst verbreiten und kein Kind wurde an den Rand gestellt und dort vergessen oder übersehen.

Auch das Schulsystem war ein anderes. Unsinniges (weil nie gebrauchtes) und ausschließliches Bücherwissen wurde nicht mehr in die Köpfe der Kinder gehämmert. Man saß nicht angetackert zu festgelegten Zeiten stundenlang in Klassen und musste oft gelangweilt alles über sich ergehen lassen, sondern besuchte Kurse.

Um sein Interessengebiet ausfindig machen zu können, wurden Schnupperkurse angeboten.

Schon frühzeitig konnten auf diese Art Talente und Vorlieben gefördert werden. Man wusste, dass mit Interesse viel mehr geleistet werden konnte, als unter Zwang. Diese Kinder gingen gerne zur Schule, weil es keinen Druck gab und keine zum Gähnen langweiligen Fächer, sondern das was sie interessierte.

Für die verschiedenen Kurse waren mehrere Lehrer zu unterschiedlichen Zeiten eingesetzt. So konnten die Lernenden sich Uhrzeit und Lehrer/Lehrerin aussuchen, mit dem/der sie am Besten klarkamen und die zeitlich ins Lebensgefüge passten. Man wusste, dass ein gutes Verhältnis zwischen Schüler und Lehrer zu guten Resultaten führte.

Auch den Lehrern war es Ansporn mit den Schülern im Miteinander zu stehen und nicht nur den, von Schulbehörden vorgeschriebene Stoff herunterzurattern.

Zu den üblichen Fächern, wie Rechnen, Schreiben, Lesen usw., wie auch heute schon, gesellten sich jetzt auch Kurse wie Gesundheit und Pflege, Höflichkeit und Benehmen, die Wichtigkeit des Miteinanders, Toleranz und Akzeptanz und auch die Tier- und Pflanzenwelt. Wir zeigten großes Interesse und so wurde uns erlaubt den Kursen beizuwohnen.

Folgend wollen wir einen, wenn auch kleinen Überblick geben.

Gesundheit und Pflege:

Diese Kurse beinhalteten die Ernährung, Körperpflege, Heilmittel aus der Natur, und auch den Tod. Gemäßigter Fleischkonsum, wenn überhaupt, sowie die Wasserzufuhr hatten Priorität. Fertignahrung war aus den Lebensmittelläden weitestgehend verschwunden. Auch für den Laien verständliche Inhaltsstoffe waren an allen Waren angegeben. Fleisch aus Massentierhaltung gab es nicht mehr und auch keine Tiertransporte zu Schlachtereien in weit entfernte Gegenden oder Länder .

Es gab auch im neuen Zeitalter nicht nur Vegetarier oder Veganer. Doch die Qual der Tiere, die Erd-Luft- und Wasserverschmutzung durch die Gülle, der Antibiotika- und Hormonbehandlung der Massentierhaltung hatten aufgehört. Mehr Anbaufläche für Getreide machte jetzt auch dem Hunger in der Welt ein Ende.


Künstlich hergestellte Getränke aus Zucker und Farbstoff wollte keiner mehr. In der Bevölkerung war gutes Wasser angesagt. Man wusste um die Schädlichkeit der künstlichen Inhaltsstoffe und deren krankmachende Auswirkung. Deshalb gab es sie nicht mehr.

Die vermeintlichen Körperpflegemittel wie Deos, Shampoos, Badezusätze, Duschgels, Körperlotionen usw., waren einem neuen Körperbewusstsein gewichen. Man gab seinem Körper wieder Gelegenheit seine Poren selber zu reinigen und verstopfte sie nicht mit all dem künstlichen und für die Gesundheit schädlichen Kram. Es gab auch anderes, das ohne Schaden benutzt werden konnte.

Das gemeinsame Experimentieren, auch mit Kosmetika machte vor allem den Mädchen und heranwachsenden Frauen großen Spaß.

Bemalt und geschmückt wurde schon immer und überall. Auffällig in der vergangenen Zeitepoche aber war, dass in der Hauptsache junge Mädchen und alternde Frauen sich nicht versuchten hübsch zu machen, sondern zum Zwecke des Auffallens verunstalteten. Sie pumpten ihre Gesichter und Körper auf, als seien sie Luftballons und das Schminken glich eher einer Maske als kunstvoller Betonung des schon hübschen Vorhandenen.

Es ist der Ausdruck einer Menschheitsepoche, die sich durch Auffälligkeiten bemerkbar machen musste. Es sind die nicht beachteten Generationen eines Zeitalters indem Menschen nur als Arbeitsmaschinen wahrgenommen wurden, nicht aber als Menschen mit lebenswichtigen Bedürfnissen wie Lob und Anerkennung ihrer selbst. Denen keine Aufmerksamkeit zuteil wurde, die nur funktionieren mussten. Wie traurig!

Dies war vorbei. Jetzt stand der Mensch an erster Stelle und das Miteinander wurde geschätzt und auch gefördert.

Heilmittel und Kräuter wurden oft selber gesammelt und davon Tinkturen, Salben oder Sonstiges hergestellt. Um die Heilkräuter kennenzulernen, wurden die Kurse oft in der Natur abgehalten. Für diejenigen, die am Sammeln kein Interesse hatten, sich aber dennoch der Kräuter bedienen wollten, gab es die

Naturmittel auch schon fertig in Kräuterläden zu kaufen.

Die Chemie hatte in der Neuzeit weitestgehend ausgedient, weil sie viele Kranke geschaffen und an der Umweltverschmutzung großen Anteil hatte. Diese Konzerne waren im Vergangenen nur auf Symptombehandlung und Kassemachen spezialisiert, nicht aber auf Ursachenbehebung. Kranke Menschen brachten nun mal, ganz dem Zeitgeist entsprechend wichtig, mehr ein. Ärzte waren deshalb überfordert, die Krankenhäuser überfüllt und die Pflegebedürftigen wurden künstlich am Leben erhalten und man überlegte sogar, sie von Robotern pflegen zu lassen. Was für eine kranke Generation!

Höflichkeit und Benehmen:
Dies wurde im neuen Schulsystem zu einem wichtigen Bestandteil, weil es in der Endzeit des alten Zeitalters gänzlich auf der Strecke geblieben war und erst wieder neu erlernt werden musste. Dazu gesellten sich auch gleich die Fächer *Wichtigkeit des Miteinanders*, sowie *Toleranz und Akzeptanz.*

Viel wurde mit Rollenspielen, Spiegeln und kleinen Filmaufnahmen verständlich gemacht. Dabei konnte jeder sehen, wie böse Worte und Gesten auf andere wirkten und wie dumm und hässlich man selber dabei aussah.

Wie angebracht wären Spiegel an allen Ecken der Städte in unserem vergehenden Zeitalter. Die Menschen würden sich vor ihren gehetzten und missmutigen Gesichtern, ihrem künstlichen Gehabe und ihrer Wichtigtuerei fürchterlich erschrecken.

Doch auch eigene Belange waren oft Unterrichtsthema. Gemeinsam suchte man nach Lösungen. Einsichten und Erkenntnisse wurden dabei nicht mit Häme bedacht, sondern waren Lob und Stolz der ganzen Gruppe, die im Miteinander akzeptable Wege und dadurch Hilfe für ihre Mitmenschen/Mitgeschöpfe fand. Dadurch bildete sich ein großes Gemeinschaftsgefühl, mit dem Verständnis fürs Anderssein und dem Umgang damit.

Die indianischen Urvölker brauchten das nicht erst zu erlernen. Instinktiv machten sie das Richtige. Sie legten den Kranken oder Besetzten (bei uns wäre psychisch krank der Ausdruck) in die Mitte der Stammesmitglieder und alle tanzten, trommelten und sangen, inklusive dem Medizinmann, um den Kranken herum.

Die westliche Welt, die Industrienationen belächeln den „Hokuspokus." Sie verstehen in ihren verseuchten und verstrahlten Gehirnen und der daraus resultierenden Dummheit den Sinn nicht.

Krankheit oder abartiges menschliches Verhalten sind Zeichen von Bedürftigkeit. Hierbei hat immer ein Mangel stattgefunden, ein Mangel an Liebe und Zuneigung. Der Mensch fühlte sich allein gelassen und ohne Vertrauen zu seinen Mitmenschen, zu seinem Schicksal. Das hat ihn krank gemacht.

Nun zeigt ihm der ganze Stamm mit seinen Ritualen wie wichtig er allen ist und jeder legt sich dafür ins Zeug. Alle fühlen sich verantwortlich für das Krankwerden dieses Menschen und schämen sich dafür, die Bedürfnisse eines ihrer Mitmenschen übersehen, nicht wahrgenommen zu haben, weshalb es erst zu Krankheit oder sonstiger Abartigkeit kommen konnte. Das will wieder gut gemacht werden. Daher bekommt der Kranke jetzt die ganze Aufmerksamkeit.

Tiere:
Selbst Tiere werden mit großer Achtung behandelt. Und weil in der alten Zeit den Tieren jegliche respektvolle Lebensgrundlage genommen worden war, war der Wechsel ins neue Zeitalter mit viel Aufklärung zum Zwecke einer Bewusstseinsveränderung verbunden.
Es ist immer schwierig alte Gewohnheiten der Menschheitsgeschichte zu verändern. Hier half die Natur mit. Es war nicht mehr wegzuleugnen, dass die Massentierhaltung in der ganzen Welt, in der Natur und an der Gesundheit der Menschen große Schäden angerichtet hatte.
Luft, Wasser und Erde waren durch Spritzmittel, Hormon- und Antibiotikahaltiges Fleisch verseucht. Die jungen Menschen kamen verfrüht in die Pubertät und der Hunger und das Sterben in der Welt nahm trotz generationsübergreifender Spendengaben kein Ende.
Allerdings kamen die Industrieländer, die das Malheur im Wirtschaftswahn verursacht hatten, erst zum Nachdenken, als ihnen selber die Lebensmittel und das Wasser ausgingen und Anbaufläche für Getreide geschaffen werden musste, die vorher für Viehfutter genutzt wurde. Jetzt musste den Tatsachen ins Auge gesehen werden. Und weil der

Fleischkonsum drastisch eingeschränkt wurde, fingen vermutlich auch die Gehirne wieder an zu arbeiten und den Menschen wurde endlich bewusst, was sie den Tieren und der Welt in ihrem Fresswahn angetan hatten.

Generationen des Schämens entstanden. Aber auch Generationen des Umdenkens. Auch heute in der Neuzeit gibt es noch  Fleisch- und Fischesser, doch zu völlig anderen Bedingungen, die sich im Maßhalten, in der Haltung der Tiere und im Denken zeigen. Werden heute Pflanzen mit dankbarem Respekt behandelt, da man der Meinung ist, dass sie sich für das menschliche Leben geopfert und zur Verfügung gestellt haben, so sieht man das jetzt auch bei den Tieren so. Alles ist beseelt und Gott ist nicht eine Person sondern die Energie, die in allem fließt. Dem gebührt respektvolle Behandlung und große Dankbarkeit. So herrscht Harmonie in der Pflanzen- Tier- und Menschenwelt.

Und sogar der Mensch hat es geschafft, sich nicht ständig gegenseitig hinzumetzeln. Man begegnet sich mit Achtung und ist respektvoll den verschiedenen Kulturen gegenüber. Die Menschen besuchen sich gegenseitig, lernen voneinander und treiben fairen Handel untereinander.

Betrug und Übervorteilung, Korruption und Verlogenheit sind von diesem Planeten verschwunden. In allem begegnet man sich mit Achtung, mit Freude und mitmenschlicher Liebe.

Was für eine schöne Zeit!

## 3. Kapitel

# Jugend im Wohlwollen der Gesellschaft

Es gibt Plätze, an denen sich junge Menschen treffen können ohne gleich mit der Erwachsenenwelt zu kollidieren.

Man hat eingesehen, dass junge Menschen für ihre Entwicklung ihren Frei- und Bewegungsraum brauchen und auch der jugendliche Leichtsinn wird nicht mit Verboten und harten Strafen geahndet, sondern schmunzelnd in die richtigen Wege geleitet.

So gibt es viele Musikevents (Musik berührt und vereint) in großen Hallen und im Sommer auf den freien Plätzen außerhalb der Wohngebiete, unter denen die Garagen ins Erdreich gebaut worden waren. Es gibt Tanzflächen, damit sich junge Leute austoben können. Findet kein Musikevent statt, werden diese Plätze anderweitig genutzt. Junge Maler zum Beispiel, können hier öffentlich malen und ihre Bilder ausstellen. Auch der Verkauf ihrer Werke ist möglich, um sich bestenfalls damit selber zu finanzieren oder nur zur Lebenserleichterung etwas dazu zu verdienen.

Jegliche Kreativität und jegliche Bewegungsform hat dort die Möglichkeit in der Öffentlichkeit wahrgenommen zu werden. Das dient dazu, Selbstvertrauen und Selbstbewusstsein junger Menschen zu stärken. Es kann aber auch die Einsicht bringen, dass das, was einen am meisten beeindruckt und man das gerne machen würde, nicht das Richtige für einen ist. So hat jeder die Gelegenheit nach seiner wahren Bestimmung zu suchen.

Im Leben das tun zu können woran das Herz hängt, ist weitaus produktiver als in eine ungeliebte Arbeit gezwängt zu werden.

Es gibt große Jugendhäuser, vergleichbar mit Universitäten. Man hat ihnen den Namen *Findyou* gegeben. Hier gibt es alles, was den jungen Menschen Gelegenheit gibt ihre Talente und Leidenschaften herauszufinden, um diese in ihr Leben integrieren zu können. Es gibt keinen Zwang, alles erfolgt auf freiwilliger Basis.

Hat einer seine Bestimmung gefunden, wird er gefördert und in die richtigen Kreise integriert.

Finanzielle Verbindlichkeiten gibt es nicht. Der Staat funktioniert nur im Familienverbund. Jeder hat das Recht auf Leben, das Recht zu lernen, das Recht sich auszuprobieren, das Recht auch auf falsche Entscheidung und das Recht der eigenen Entscheidung.

Finanziert wird das Ganze über die Abgabe, die jeder prozentual nach Einkommen errichten muss und auch abgeben will, ohne Hintertüren zu benutzen.

Das Bewusstsein der Menschen hat sich stark verändert. Niemand sorgt, rafft und bescheißt nur für seine eigenen Bedürfnisse. Ein nur Ich-Ich-Ich-Denken ist einem großen Gemeinschaftsdenken gewichen. Das gibt Sicherheit.

Die Mode zeigt sich Facettenreich. Gemäß dem freundlichen Zeitalter, wird auch hier mit fröhlichen Farben gespielt. Die Schnitte der Kleidung sind leger - nichts drückt, nichts zwängt ein.

Und immer abends, nach einem schönen Essen, machten wir es uns zuhause gemütlich und ließen bei Kerzenschein den Tag Revue passieren und zogen Vergleiche zu unserer Zeit.


Die 50er Jahre

Kamen die 50er Jahre, die Nachkriegsjahre, anfangs noch in bedeckten Farben und kräftigen Stoffen daher, lockerte sich das zum Ende der 50er.

Die Menschen der 50er waren noch im Kriegstrauma gefangen und Obrigkeitshörig. Verdienst und Arbeit waren das Wichtigste, darum war die Kleidung zweckmäßig.

Die Musik kam in hübschen kleinen hoffnungsvollen Schlagern aus den Radios.


Die 60er Jahre

Die aus Ende der 50er in die 60er Jahre mitgenommene Mode bestand aus schwingenden Röcken und Kleidern mit Petticoats. Der Rockabilly-Look war aus Amerika zu uns geschwappt. Blue-Jeans und Lederjacke waren ein must-have. Und während die Erwachsenen sich noch um ihre Kittelschürze kümmerten, setzten sich die jungen Leute mit ihrer Blue-Jeans in die Badewanne und ließen sie am Körper trocknen. Erst so saß sie perfekt.

Der Rock´n Roll war geboren. Die jungen Menschen tanzten ausgelassen zu dieser Musik. Der Krieg und

38

die Zeit der Nachwehen waren vorbei, jetzt wollten sie leben.

Als dann die Beatles mit einer völlig neuen Musikrichtung und mit ihrer unkonventionellen Langhaarfrisur (die nach heutigem Maßstab gar nicht lang war) auftauchten, brach eine Lebenshysterie aus, die es bis Dato noch nie gegeben hatte. Die Köpfe wurden geschüttelt und die Haare flogen im Rhythmus zur Musik, als wolle man all die alten Zöpfe abschütteln an denen die Alten noch hingen. Die waren in ihrem Kriegstrauma noch nicht wieder fähig sich auf das Leben einzulassen. Sie waren nur der Arbeitswelt wohlgesonnen und forderten das jetzt auch von den jungen Menschen. Die aber hatten keine Lust darauf das Trauma der Alten zu tragen und suchten nach Alternativen.

Die ersten schmissen die Arbeit und zogen mit dem Rucksack durch die Welt. Sie schissen auf die ganzen verstaubten Ansichten der Alten und dem beginnenden Konsumverhalten. Daraus entstand in der ganzen Welt die Hippiebewegung.

(Alles was ihr je über Hippies gehört habt, glaubt davon nur 20 %). Diese Bewegung war eine Bewegung des Friedens, der Toleranz, der Akzeptanz und der Liebe zu den Menschen, den Tieren und zu Mutter Erde.

Dies waren die ersten Vorzeichen auf eine Zeitenwende, die sogar astrologisch berechenbar ist. Leider konnte sich die noch nicht durchsetzen, da nur wenige Menschen fähig waren, die angestaubten Vorstellungen von Recht und Ordnung und einer vorgetäuschten Moral, die soviel Leid gebracht hatte, hinter sich zu lassen und in die Selbstbestimmung zu gehen.

Sie hielten an ihrem Trauma fest und versauten das Leben ihrer Kinder und den ganzen nachfolgenden Generationen bis in die 2000er Jahre - bis heute.

Die Befreiung der jungen Menschen war gewaltig und wurde mit der Mode nach außen sichtbar gemacht. Lange Haare, kurze Röcke, Kleidung in psychedelischen Mustern und grellen Farben und Blumen im Haar. Freie Liebe wurde zelebriert und die Pille kam auf den Markt. *Mein Bauch gehört mir*, schrien die Frauen – *der Arbeiter gehört mir*, schrien die Regierung und der Rest der Bevölkerung.

Die alten Moralvorstellungen und Einschränkungen wurden über Bord geworfen. Aber alles was lebensfroh war, ließ die Alten erschaudern. Mit empörten, verkniffenen Gesichtern liefen sie herum und gingen mit widerwärtigen Sprüchen auf die Hippies los.

Letztendlich fanden sie eine Möglichkeit, sie aus dem Weg zu räumen und den Beginn eines kommenden friedlichen schönen Zeitalters zu zerstören. Die jungen „Rebellen" wurden in Massen in Heime gesteckt, dort gedemütigt und missbraucht.

Der öffentliche Drogenkonsum der gedemütigten Kinder begann und hält bis heute an, auch die Demütigungen.

Ich berichte darüber ausführlich, weil es nie solch einen friedlichen Versuch der Befreiung gegeben hat. Krieg und Terrorismus ist die häufigste und die üblichste Art des Befreiungsversuchs - abartig und unnötig.

Denn:

Nationen gibt es viele - aber nur eine Erde,
Schmuckstücke gibt es viele – aber nur ein Gold,
Sterne gibt es viele – aber nur einen Himmel,
Menschen gibt es viele – und wir atmen alle dieselbe
Luft.

*Sri Sathya Sai Baba*

## Die 70er Jahre

Die 70er Jahre waren den Plateau-Sohlen, den
Schlangenlederstiefeln, den Schlaghosen, der Mini-
Midi- und Maximode und dem Drogenkonsum ge-
widmet.

Es war das Jahrzehnt, das die besten und kreativsten
Musiker aller Zeiten hervorbrachte. Das Tanzverhal-
ten verdeutlichte die Freimachung des Zwangs in
die Selbstbestimmung. Jeder tanzte jetzt wie er wollte und wann er wollte und wie er sich fühlte. Niemand musste mehr darauf warten aufgefordert zu
werden oder sich einen Korb einzuhandeln.

Man befreite sich auch da von alten abgelutschten
Konventionen.

## Die 80er Jahre

Die 80er erschienen im Neon- und Glitzer-Outfit, mit
Schulterpolstern und zu großen Blazern. Disco und
Pop waren angesagt. Tanzschulen schossen aus dem
Boden und die Frauen verfielen einem bunten auf-
fälligen Schminkwahn.

Ein buntes Jahrzehnt der Verkleidung, des auf sich
Aufmerksammachens und des Konsumverhalten.

## Die 90er Jahre

Die 90er kamen mit Techno, Rap und Hip Hop daher. Während Rap als Sprechgesang die negativen Lebenssituationen darstellte, versuchte der HipHop positive Botschaften für eine bessere Zukunft rüber zu bringen.

Die Basecap soll dabei nicht unerwähnt bleiben. Schon während der Disco-Ära tauchte sie vereinzelt im Glitzer-Glamour-Look auf und erreichte dann in den 90ern ein nicht mehr wegzudenkendes Accessoire.

Techno symbolisierte, wie auch Rap und Hip Hop sehr präzise den Herzschlag der Zeit. Immer schneller, immer lauter!

Am prägnantesten in dieser Zeit verdeutlichten die Einstellung junger Menschen die Saggings (Hose in den Kniekehlen unterm Po hängend) und der String-Tanga mit ihrer Botschaft: „Leckt mich alle mal am Arsch!" Das Selbe trifft auch auf das Arschgeweih zu. Darüber sollte die Erwachsenenwelt nachdenken. Was ist in der Behandlung von Kindern und jungen Menschen schief gelaufen? Was hat die Erwachsenenwelt da verbockt?

## Die 2000er

Die 2000er kamen mit einer Tanzmüdigkeit daher. Die jungen Menschen kommunizierten jetzt über elektronische Geräte miteinander. Damit lässt sich schlecht tanzen.

Endlich hatten die Alten damit ein Mittel gefunden, die Jugend ruhig zu stellen. Jetzt rebellierten sie nur noch, wenn ihnen der Zugang zum Gerät verwehrt wurde, ansonsten ist es still um sie geworden.

Auch die Musik ist ruhiger geworden. Gefühlvoll wird von Sehnsüchten und der Hoffnung auf Frieden und Liebe gesungen und vom Miteinander.

In dieser dunklen Zeit ist schwarz die bevorzugte Farbe und ein sexy Aussehen hat Priorität. Wie soll man auch sonst über den Bildschirm auf sich aufmerksam machen ohne Schlauchbootlippen und Riesenbrüsten, die aus dem Dekolleté fallen? Kommunikation findet ja über Geräte statt.

Gewalt in den Nachrichten, Gewaltfilme im Fernseher und Gewaltspiele sind das Highlight, was den jungen Menschen vorgelebt wird. Von Medien und gestörten Erwachsenen hochgejubelt und erfunden.

Und die scheinheilige Frage: *Was ist nur mit unserer Jugend los?*

Wissen die das wirklich nicht oder steckt System, nämlich das Wirtschaftssystem dahinter?

Die 2010er

In den 2010ern war Vollbart angesagt, manchmal auch bei Frauen, ansonsten waren glattrasierte Körper Trend.

Vielleicht sollte der Vollbart auf Männlichkeit hinweisen oder versteckte er sich darunter, wie unter einer Burka? Man wusste es noch nicht so recht. Die nächsten Jahre würden es zeigen.

Kommunikation, ausschließlich über Geräte wurde langsam langweilig. Es hatte die Menschen krank gemacht, weil wirklicher Austausch über die Gefühlsebene stattfindet. Intuition, das Erfassen von

Wirklichkeit benötigt Augenkontakt, Gesichtszüge und Bewegung und das meist unbewusste Erspüren der Aura, dem Energiefeld welches jedes Lebewesen umgibt, auch die Pflanzen.

Aber auch ein Erwachen hatte stattgefunden – überall in der Welt! Die Menschen glaubten nicht mehr alles was die Mächtigen ihnen erzählten und vorlogen. Und sie rebellierten. Viele Schweinereien kamen jetzt ans Tageslicht und die Regierungen musste sich dem stellen. Zunächst sehr verhalten, doch der Fluss des neuen Zeitalters, des goldenen Zeitalters schlängelte sich wie Priele im Wattenmeer durch die beginnende Neuzeit. Viele neue Ansichten und Projekte kamen zum Vorschein und alle hatten Frieden, Miteinander und den Erhalt der Erde als Programm.

So drückt jedes Jahrzehnt den Zeitgeist in Mode, Musik und den Bedürfnissen aus.

4. Kapitel

# Verantwortungsvolle Erwachsene

Auch für die Erwachsenen gab es mehr als nur die Option:

ARBEITEN
HETZEN
FERNSEHEN
SCHLAFEN

und an Fasching und Silvester die Sau rauslassen. Vielleicht auch noch im Urlaub, nur um einmal für kurze Zeit in Eigenentscheidung sein vermeintliches, weggearbeitetes, allzeit gehetztes Leben spüren zu können. Die Berechtigung dazu wurde oft mit Alkohol eingeholt. Die Menschen diesen Zeitalters trauten sich nüchtern gar nicht mehr zu leben oder wussten auch nicht wie wirkliches Leben ging.

Hier, in der Neuzeit saßen junge Menschen, Erwachsene und auch Alte oft zusammen, um miteinander zu reden, sich Geschichten zu erzählen, Erfahrungen auszutauschen, von einander zu lernen oder gemeinsam Musik, Spiele oder irgendetwas zu machen.
Immer waren Leute mit Instrumenten anwesend. Es wurde gemeinsam getrommelt, gespielt und gesungen. Alle Musikrichtungen befanden sich hier in

Einheit. Die große Vielfalt wurde als Einheit gelebt. Das war so überaus wohltuend, dass uns vor Glückseligkeit fast schwindelig wurde. Fernsehen rückte in den Hintergrund.

Bei schönem Wetter fanden diese Events im Freien statt, auf den großen Plätzen, öfter rund um ein angenehm knisterndes Lagerfeuer. Bei schlechtem Wetter in dafür vorgesehenen Hallen.

Alles war frei zugängig. Überfüllungen waren nicht zu befürchten. Diese Freizeiteinrichtungen gehörten zu jedem Ort, zu jedem Stadtviertel. Sie erzeugten ein enorm großes Einheitsgefühl. Die Verlorenheit unseres Zeitalters rückte in weite Ferne. Wir ergaben uns vollkommen in diese, für uns neue und wohltuende Stimmung.

Oft saßen wir beide, aus einer anderen Zeit kommend, in Umarmung inmitten des Miteinanders und der Menschlichkeit und saugten Glückseligkeit und Freude auf, soviel wir nur konnten. Viel sprechen brauchten wir nicht. Unsere Herzen pochten im Gleichklang mit all den Menschen um uns herum. Und ich spürte, wie in dieser Zeit, die immerwährende Angst meines Lebens langsam aus mir wich. Auch das Feuer meines Mannes war auf einen kleinen Rest Glut niedergebrannt.

Finanziert wird das Ganze, wie auch die Findyou-Kurse, über humane Abgaben Verdienender, Spenden und dem Zutun aller Menschen des Ortes. Jeder gibt das, was er geben kann und jeder beteiligt sich an dem, was er tun kann. Immer finden sich Leute ein um Reparaturen vorzunehmen oder um aufzuräumen und sauberzumachen. Künstler kümmern sich um die Gestaltung, Handwerker um die Örtlichkeiten und dekorativ Begabte um die Gemütlichkeit. Oft auch werden kleine Snacks zur Verfügung gestellt. Und niemals gibt es Streit oder Rafferei. Jeder gönnt jedem alles und jeder will am Tun für die Gemeinschaft mitwirken.

Hier erlebten wir erstmalig in unserem Leben, dass es keine Menschen gab, die sich vor Mitarbeit drückten. Jeder hatte Lust sich am Gemeinwohl einzubringen. Und es gab kein Aufrechnen untereinander wer denn wohl mehr oder wer weniger gemacht hatte.

Für uns beide war das alles ein utopischer Dschungel, durch den wir uns Stück für Stück und mit großem Erstaunen durcharbeiteten. Und wir fragten uns, was denn in unserem Zeitalter so schief gelaufen war? Um das herauszufinden erstellten wir eine Vergleichsliste zu beiden Zeitaltern. Als Anfang wählten wir die Schwangerschaft, weil dies der Beginn eines Menschen ist, um in die Welt einzutreten.

In der alten Zeit

Nach dem Motto – Schwangerschaft ist keine Krankheit, wurden Schwangere, ungeachtet der hormonellen Umstellung der Schwangeren und der kleinen heranwachsenden Seele im Mutterleib, genauso behandelt, gehetzt und gefordert wie Nichtschwangere.

Oberste angstvolle Priorität hatte die Entsorgung des kommenden Kindes in einen Kitaplatz. Dafür zogen, die von der Wirtschaft manipulierten Mütter sogar durch die Strassen und forderten lauthals Kinder-Internierungs-Tages-Anstalten (Kitas). Was für eine dumme, von Regierung und Medien manipulierte Generation.

Schwangere wurden sogar in Gefängnisse mit ihrer enorm großen Belastung gesperrt, um später dort ihre Kleinkinder auch teilweise selber zu betreuen. Man nannte es „fortschrittlicher Strafvollzug."

In der neuen Zeit

Schwangere werden mit dem Wissen behandelt, dass das heranwachsende Leben im Mutterleib jede Gefühlsregung der Mutter mitbekommt. Auf Grund dessen wird auf eine werdende Mutter sehr viel Rücksicht genommen. Man begegnet ihr freundlich und versucht so gut es geht, alle schlechten Nachrichten von ihr fernzuhalten.

Wenn sie will und sich danach fühlt, kann sie noch eine Weile zur Arbeit gehen. Dies ist aber kein Pflichtprogramm. Eher gesteht man einer schwangeren Frau die Zeit zu, mit ihrem Hormonchaos zurechtzukommen und sich auf das Baby einstellen und freuen zu können. Durch die Achtsamkeit der Mitmenschen werden die Versagensängste, die jede werdende Mutter hat, auf ein Minimum reduziert.

Gleichwohl werden Kurse und Treffen angeboten, die die verschiedenen Wachstumsphasen im physischen wie im psychischen Bereich eines Kindes zum Thema haben. So sind Mütter und auch Väter immer gut vorbereitet.

Diese Treffen werden möglichst im Freien abgehalten. Spaziergänge und der Aufenthalt in der Natur sind hochgeschätzt, da die Natur Kraft und Ruhe geben kann. Vogelgezwitscher ist allemal besser, als Maschinengeratter und deren elektromagnetische Felder.

Man weiß, dass die Grundeigenschaften eines Kindes schon im Mutterleib erzeugt werden. Beispiel: hyperaktive Kinder – sie werden durch eine stressgeplagte Mutter schon im Mutterleib herangezogen.

Ängstliche, unruhige Kinder entstammen einer Mutter, die in Ängsten lebt. Seien es Zukunftsängste, finanzielle Sorgen, Angst den auferlegten Anforderungen nicht gerecht werden zu können oder Sonstigem.

Aggressive Kinder haben ihre Ursache bei einer wütenden Mutter, auch wenn diese ihre Wut unterdrückt hat.


Selbstverständlich kommen auch geerbte Eigenschaften vom Vater oder den Ahnen zum Zuge. Doch dies sieht man als Bodenbeschaffenheit, auf dem nun das passende Fundament erbaut werden muss. Darauf wird dann das Lebenshaus des kleinen Menschen errichtet.

Ein Beispiel: Stellt man bei einem Kind schon früh große Aggressivität fest, dann wird es mit Aufgaben betraut, deren Ausführung mit Kraft, Stärke und Verantwortung zusammenhängen. Natürlich altersgemäß geleitet, damit es das Kind auch schaffen kann.

Wird in unserem Zeitalter versucht, das aggressive Kind mit Bestrafung ruhiger (pflegeleichter) zu bekommen, erfolgt hier eine Transformation. Man hat erkannt, dass Aggressivität nichts Bösartiges ist, sondern lediglich eine Kraft, die es gilt in die richtige Richtung zu leiten.

Ein aggressives Kind mit autogenem Training oder sonstigen Entspannungsübungen zu malträtieren, läuft auf das Brechen der mitgebrachten oder der im Mutterleib entwickelten Eigenschaften hinaus. Diese werden sich entladen und wenn es im Erwachsenenalter ist, meist schon in der Pubertät. Und das jetzt staunende Volk versteht nicht, was mit der Jugend los ist.

Der Elternrolle wird in der Neuzeit der höchste Wert beigemessen, denn daraus entsteht das Volk. Durch gestörte und fehlgeleitete Kinder entsteht auch ein gestörtes und fehlgeleitetes Volk.

Mit Blick auf die Vergangenheit menschlichen Lebens auf dieser Erde, waren die Bodenbeschaffenheit (die mitgebrachten Anlagen) und das Fundament (Kultur und Familie) in den Ländern durch Vererbung und Kultur immer verschieden. Weil dies keine Beachtung fand, man die Kinder *erzog* anstatt sie zu führen, setzte man wahllos Fundamente nach Gutdünken. Die „Lebenshäuser" die darauf entstanden, waren wackelig und hatten Defizite. Dadurch machte sich Unzufriedenheit breit und es kam immer und immer wieder zu Streitereien und letztendlich zu Kriegen.

Kriege sind immer Machtansprüche wegen Bedürftigkeiten und sind Fehlleitungen in der Führung. Das Wort Erziehung benutze ich nicht, weil es Gewalt enthält. Niemand sollte in eine bestimmte Richtung *gezogen* werden. Führung lässt Möglichkeiten und ist deshalb gewaltlos.

Auch heute ist der Mensch bedürftig, da nützt auch noch so viel Geld nichts. Die Bedürftigkeit liegt im seelischen Bereich. Die Seele friert. Um sie zu wärmen, fiel dem Mensch bisher nichts anderes ein, als sich mit anderen Ländern, wegen Land und Bodenschätzen oder einfach nur der Macht wegen herumzuhauen.

Zufriedenheit und Glück hat er dadurch nicht gefunden.

Die Neuzeit hatte neue Einsichten gewonnen. Es ist, als hätte sich der Himmel geöffnet und Energien zur Erde geschickt, die ein neues wacheres Zeitalter einläuteten.

So wurden jetzt, direkt nach der Geburt jeden Kindes, astrologische Berechnungen erstellt, um Temperament, Anlagen, Gesundheitsaspekte und Talente frühzeitig zu erkennen.

Man wusste, dass der Weg jedes Menschen durch die Sternenkonstellationen zum Zeitpunkt der Geburt geleitet wurde. Aufgrund jahrtausendelanger Beobachtungen und Aufzeichnungen ist es für uns heute sogar möglich, in den Palmblattbibliotheken in Indien Einsicht zu seinem Geburtsdatum, der Geburtszeit und dem Geburtsort zu bekommen.

Dies gilt in spirituellen oder esoterischen Kreisen als privilegiertes Wunder, das nur die beschriebenen Palmblätter derer, die auch wirklich irgendwann einmal dort hinkommen, vorliegen. Ich dagegen sehe mathematische Berechnungen zu jeder Sternenkonstellation, des Längengrades des Geburtsortes, des

Geburtsdatums, der Geburtszeit und deren jahrtausende langen Beobachtungen von Astronomen und Astrologen und ihren Niederschriften. Sonst würde man dort ja allein anhand des Namens das richtige Palmblatt finden. Dem ist aber nicht so.

Astrologie ist also keine Wahrsagerei, sondern die exakte Berechnung der Sternenkonstellation zum Zeitpunkt der Geburt eines Menschen in Beziehung zu seinem Geburtsort. Zeitungshoroskope sind deshalb nur sehr vereinfachte Deutungen und eher als netten Spaß anzusehen, weil´s irgendwie immer passt.

Der Weg über die Erde ist eine exakte Planung. Mit den Einsichten aus vergangenem Leben wird der Weg festgelegt, der jedem am meisten von Nutzen ist. So ist es nicht richtig zu sagen, dass jeder alles schaffen kann, wenn er es nur will. Bringt ein Mensch die Voraussetzungen für das was er tun will oder tun soll nicht mit, wird das nichts, auch wenn er sich noch so anstrengt. Er wird immer wieder auf seinen vorgeschriebenen Weg zurückgeschoben, bis er sich endlich annimmt und seinen für ihn bestimmten Weg geht. Und damit dann auch glücklich werden kann. Alles andere wird Frust und Depression hervorrufen und ist oft ein langer mühsamer Weg zu sich selbst.

Um dies zu vermeiden, hält die Welt viele Aufzeichnungen weiser und hoch entwickelter Vorfahren und deren Überlieferungen als Hilfsmittel bereit. Astrologie ist nicht die einzige Form. Auch die Nummerologie ist ein wertvolles Instrument zu erfahren, wer man ist und wo es hingehen soll. Beides sind exakte mathematische Berechnungen.

Was auch unter überlieferte Beobachtungen und Aufzeichnungen fällt, ist die Natur- und Kräuterheilkunde. Auch wenn dumme Menschen im Vergangenen mit brutalen Mitteln versuchten, diese zu vernichten. Hexenverbrennungen waren ein willkommenes öffentliches Zeichen Macht zu zelebrieren, Angst zu verbreiten und das Volk gefügig zu machen.

Auch Bauernregeln und Volksweisheiten haben ihre Berechtigung und auch die reihe ich unter weise Beobachtungen und Überlieferungen ein.

## 5. Kapitel

# Die unendliche Geschichte der Evolution

Das gesamte menschliche Leben auf der Erde wird in der Mythologie in vier Zeitalter unterteilt, die sich periodisch wiederholen.
Man bezeichnet sie als:

Das goldene Zeitalter    -    das Satya Yuga
Das silberne Zeitalter    -    das Tretā Yuga
Das kupferne Zeitalter   -    das Dvāpara Yuga
Das eiserne Zeitalter     -    das Kali Yuga

**Das goldene Zeitalter  - Satya Yuga**
4-fach
Es ist das Zeitalter der Wahrheit, auch das Zeitalter der Vollendung genannt. Sie ist die paradiesische Epoche der Menschheitsgeschichte.
Die Menschen leben in Liebe, Freude und Zufriedenheit mit ihren Mitmenschen, den Tieren und der Natur. Sie sind frei von schwächenden Gedanken und Eigenschaften wie Angst, Zorn, Misstrauen, Neid und Gier.
Dadurch verfügen sie über eine Menge Energie, sind gesund und werden sehr alt. Sie leben ein gewaltfreies Leben und sind in Harmonie mit dem ganzen Universum.

Die Natur reagiert auf ihre Ausstrahlung, die in der ganzen Atmosphäre spürbar ist und die Erde dadurch anregt, ausreichend schmackhafte und qualitativ sehr gute Nahrung hervorzubringen. Niemand muss mehr hungern, alles ist im Überfluss vorhanden.

Die Menschen dieser Epoche akzeptieren und tolerieren Andersartigkeit und haben in der Vielfalt die Einheit erkannt.

In Überlieferung der Hopi Indianer wurde dieses Zeitalter durch Feuer zerstört.

**Das silberne Zeitalter – Tretâ Yuga**
3-fach
Es ist die Zeit des sich langsam abzeichnenden Niedergangs. Hier sind zwar alle noch in Harmonie miteinander verbunden, doch die friedvolle Gesinnung gerät zunehmend ins Wanken.

Dieses Zeitalter  wurde durch Eis zerstört.

**Das kupferne Zeitalter – Dvapara Yuga**
2-fach
Es kommt zu Dualität. Der Einheitsgedanke ist zerbrochen.

Zerstörung kam durch eine Flut.

**Das eiserne Zeitalter – das Kali Yuga**
1-fach
Es ist das letzte der vier Epochen und es ist das Zeitalter in dem wir leben. Es wird als das dunkelste aller Zeitalter bezeichnet. Geprägt durch Streit, Gewalt und Raffsucht, machen sich die Menschen das

Leben gegenseitig schwer. Sie kennen kein Miteinander, sind ständig im Konkurrenzkampf mit jedem und allem. Es ist das Zeitalter des Zerfalls, der Zerstörung und des Verderbens.

Es wird von nichtigen Gedanken beherrscht. Die Menschen versuchen fehlende Liebe untereinander mit immer neuen Wünschen zu kompensieren. Mehr Geld, ein schöneres Auto, ein größeres Haus …, nur um dann festzustellen, dass das Glücklichsein über den Besitz nur für kurze Zeit anhält. Dann tritt wieder Unruhe ein und der Mensch versucht aufs Neue, sich mit der Erfüllung materieller Wünsche das Glücklichsein zu kaufen.

Die Regierenden der Länder sind ausschließlich der Macht und dem Wirtschaftsdenken verfallen, um sich selber die Taschen zu füllen, während ein Großteil des Volkes hungert. Betrug, Korruption und Verlogenheit ist der Weg zu ihrem Ziel. Alles Materielle wird aufgewertet, doch der Mensch entwertet.

Kinder werden zu Arbeitsmaschinen herangezogen und den Eltern deshalb die Kinder entzogen. Manipulation findet über die Medien statt.

Es ist auch das liebloseste aller Zeitalter. Misstrauen, Eifersucht, Neid und Hass machen den Menschen das Leben schwer. Durch Machtgehabe und Machtanspruch brechen die Ehen und damit die Familien auseinander.

Die Menschen sind vom Kampf zu überleben, sich zu behaupten und der Angst ihre Wertigkeit zu verlieren, geschwächt.

Sie sind krank und Seelenanteile verabschieden sich. Die Gehirne der Menschen sind durch Funksysteme und Elektrosmog verstrahlt, die Luft und das Wasser verunreinigt und durch vergiftete, unreine Nahrung sind die Körper verschlackt.

Die Ärzteschaft geht keiner Berufung nach. Sie behandeln Körper wie Fahrzeuge in einer Autowerkstatt und verabreichen bedenkenlos massenhaft Chemie, die den Körper und das Gehirn schädigen.

Lehrer malträtieren Kinder ausschließlich mit Bücherwissen, nicht aber mit Werten.

Richter verfügen über keinerlei Unrechtsbewusstsein und haben kein Unterscheidungsvermögen. Ihre Urteile dienen lediglich dem Abschluss eines Falles zur eigenen Erhöhung, nicht aber der Gerechtigkeit.

In den Industrieländern wird der Fortschritt in Technik und Einnahmen gemessen und dabei nicht bemerkt, welche enormen Rückschritte Menschlichkeit und Liebe gemacht haben.

Kriege, Zerstörung, Angst und Hunger lassen die Menschen nicht zur Ruhe kommen. Die Menschheit leidet.

Das Ende dieses Zeitalters ist der Reinigung vorbehalten. Der Mob tobt sich noch ein letztes Mal aus.

Aber es ist auch die Zeit, die die wunderschöne Epoche des goldenen Zeitalters einläutet. Die meisten Menschen werden die leisen Töne und den Fluss vorher nicht vernehmen können. Sie werden es erst merken, wenn die Waage umgeschlagen hat. Nur die sehr feinfühligen spüren den Fluss schon weit vorher.

Alle Zeitalter wurden durch Katastrophen voneinander getrennt und dabei wurde immer ein großer Teil der Menschheit vernichtet.

So muss Überbevölkerung nicht gefürchtet werden. Die Menschheit wird sich selber vernichten. Sei es durch Kriege, durch Strahlung oder durch exakt dafür eingesetzte Gifte in der Medizin und in der Ernährung.

Während die Erde uns Menschen nicht braucht, wird der Mensch eines Tages schmerzlich erfahren, dass er die Erde braucht. Erst dann wird der Raubbau und die Verletzung unserer Erde aufhören. Viele sind dann diesem System zum Opfer gefallen.

Man spricht in der Weltgeschichte immer dann von Hochkultur, wenn Überschuss vorhanden war. Das lässt ahnen, dass ein Teil der Menschheit immer mal wieder den Hals nicht voll bekommen hat. Allerdings aalten sich immer nur die Mächtigen in dem Hoch, während das Volk ausblutete, versklavt, und die Erde beraubt wurde. Man vermutet den Untergang der Kulturen durch Naturkatastrophen.

Fazit: Es braucht keine zerstörenden Mächtigen, keine gierigen Regierenden, keine Herrschenden. Sie bringen Ungleichgewicht in die Welt und das lässt die Erde kippen. Das sind die Katastrophen und sie sind von diesen Menschen gemacht.

Es braucht zufriedene Völker in Wertschätzung und Dankbarkeit dessen, was die Erde uns bietet und für uns hervorbringt. Es ist alles da und es reicht für alle.

6. Kapitel

# Heilendes Gesundheitssystem

Das Gesundheitssystem ist ein anderes. Zwar gibt es, wie bei uns auch, Universitäten in denen gelehrt wird. Doch es ist nicht die Lehre der Symptombehandlung wie in unserer Zeit, sondern die Lehre der Ursachenfindung und der Ursachenbehebung. Weder Pharma- noch Lebensmittelindustrie mit ihrem Profitdenken sind die Lehrer/innen, sondern Menschen deren einziges Interesse dem Wohl aller Lebewesen der Erde gilt.

Hier wird nicht nur die Beschaffenheit und die Funktion eines menschliche Körpers gelehrt, sondern auch der Umgang mit Geräten, welche Frequenzen, die Krankheiten verursachen messbar machen. Es war festgestellt worden, das verschiedene Frequenzen sich negativ auf den menschlichen Körper, das Gehirn und dem Nervensystem auswirken. Der Mensch dadurch krank wird.

Der Hund, unser Haustier, legt sich nicht in Störfelder, während eine Katze die Störfelder sucht. Vorausgesetzt, das Tier hat durch verkehrte Haltung nicht selber schon einen gehörigen Schatten, der seine Instinkte vernebelt, wie bei uns Menschen.

Hatte man bei uns schon vor langer Zeit aufgehört und es nicht mehr für nötig befunden auf Störfelder wie Wasseradern, Verwerfungen oder andere Erd-

strahlen zu achten, kamen mit der Zeit die verschiedenartigsten Materialien hinzu.

Kunststoffe, Aluminium, verschiedene Metalle, Be-
ton, Glas, sowie elektrische Störfelder durch Schnur-
lostelefone, Handys, Computer usw.. Während ein
Haus früher aus natürlichen Baustoffen wie Holz,
Stein oder Lehm bestand, wurde später gedankenlos
alles verbaut und verkauft, was irgendwie Geld
brachte.

Der vermeintliche Fortschritt bestand im Antrieb der
Wirtschaft, ungeachtet der Gesundheit und des
Wohlbefindens der Menschen. Je mehr gekauft wur-
de, umso mehr brummte die Wirtschaft.

Zum Verständnis möchte ich die mit Posaunen
hochgejubelte und laut in die Köpfe der Menschen
getrommelte Volkskrankheit und das Schreckge-
spenst unserer Zeit, den Krebs, als Beispiel nehmen.

Kommt eine Frau unserer Zeit in die Praxis eines
Arztes, weil sie Knoten in ihrer Brust gefühlt hat,
wird umgehend eine Untersuchung der Knoten gemacht und diese im Regelfall sofort entfernt. Oft hat
dies eine lange Zeit der Chemotherapie zur Folge.
Danach beginnt dann eine mindestens 5-jährige
Angstzeit mit ständigen Nachuntersuchungen, in
der sich der Krebs neu entwickeln bzw. neu bilden
kann.

Diese Methode ist offensichtlich nur eine Symptombehandlung. Nach der Ursache zu suchen, bleibt
aus. Dabei ist sehr fragwürdig, weshalb Milliarden
Spendengelder seit Jahrzehnten in die Krebsfor-
schung fließen und im letzten Jahrhundert immer

noch nicht die Ursache dieser hässlichen und leidvollen Krankheit gefunden bzw. danach gesucht wurde oder man nicht danach suchen wollte.

Eine Krebsbehandlung kostet nicht nur viel Geld, sondern bringt auch viel Geld. Weshalb einer bestimmten Spezies auch nicht daran gelegen ist, die Menschen in einen gesunden Zustand zu bringen.

Offensichtlich und zum Glück hat hier, in dieser neuen Zeit, ein anderes Denken Fuß gefasst. Die Menschen waren auf Ursachensuche gegangen. Und sie fanden eine Erklärung - nämlich die Frequenz, die diese Krankheit auslöst.

Weder Bazillen, Bakterien noch sonst etwas haben sich im Körper eines Menschen eingenistet und treiben hier ihr Unwesen. Es sind verschiedene Strahlungen, oft durch Materialien ausgesendet, denen der Körper über längere Zeit ausgesetzt war und auf die der menschliche Körper und das Nervensystem reagierten. Man wusste, dass in dieser bestimmten Konstellation mit dem Ausbruch einer Krankheit etwa nach 5 Jahren zu rechnen ist. Bei empfindlicheren Personen auch schon eher. Dies bringt die Übereinstimmung mit der 5-jährigen Angstzeit unserer Zeit, in der der Krebs wieder auftauchen könnte.

Es nützt also nichts, den Krebs herauszuschneiden oder ihn wegzustrahlen. Ändert sich nicht die Einwirkung der Krebsfrequenz, wird er wiederkommen.

Meiner Meinung nach wurde, wenn tatsächlich eine Heilung stattgefunden hat, die Frequenz unbewusst verändert, vielleicht durch Umzug, Arbeitsplatzwechsel, durch unbewusstes Umstellen oder Entfernen der verantwortlichen Materialien.

Auch weiß man, dass nicht die Materialien allein die Übeltäter sind, sondern immer auch in Verbindung mit Erdstrahlen und/oder elektromagnetischen Feldern stehen, die diese Störfelder durch das ganze Haus, mitunter bis in die ganze Gegend transportieren und krankmachende Frequenzen aussenden. Strom ist also nicht nur Segen, sondern zugleich auch Fluch.

Der menschliche Körper verkraftet schon einiges an Strahlung, aber nicht im Dauerzustand. Deshalb wird in der neuen Zeit besonders auf die Plätze geachtet, an denen sich der Mensch am längsten aufhält. In der Regel ist dies der Schlafplatz.

In den Häusern wurden abgeschirmte Leitungen und Freischalteinrichtungen verbaut, die Strom nur bei Bedarf lieferten, ansonsten aus den Leitungen zogen, sodass Wohnungen, Häuser und Zimmer weitestgehend frei von elektromagnetischen Feldern waren.

So wurde der Schlafplatz zum Wichtigsten im Leben eines Menschen, da er sich hier in der Regel am längsten aufhält und sich der Körper während des Schlafes regeneriert.

Man untersucht also erst einmal die Schlafplätze mittels dieses Frequenzsuchgerätes. Schlägt dies an, macht man sich auf die Suche nach der Störquelle. Manchmal reicht es, dass Bett an eine andere Stelle zu rücken, um aus dem gefährdeten Bereich heraus zu kommen. Aber oft liegt die Gefahr auch an den Materialien, die im und um den Wohnbereich verwendet worden sind – sei es Plastik, Aluminium oder sonstige Metalle die Strahlung abgeben oder elektromagnetische Felder einfangen.

Ein klarer Beweis für den Irrsinn des vergangenen Zeitalters der Dummheit aber liefert der Entzug der Glühbirnen und der Halogenleuchten und auch die Einführung der Sommerzeit. Dies lief nämlich unter dem Motto des Stromsparens, während elektrische Zahnbürsten, Wecker und vieles Unsinnige mehr in fast jedem Haushalt zum Standard gehörten. Sogar elektronische Zigaretten wurden dem leichtgläubigen Volk angedreht. Und um die Dummheit noch zu vervollständigen, baute man zeitgleich fieberhaft an Elektroautos. Dies wieder ungeachtet des Raubbaus der Erde, um an das dafür benötigte Lithium heran zu kommen und dem enormen Wasserverbrauch, der dafür verschleudert wurde. Letztendlich auch ungeachtet der Zerstörung ganzer Völkergruppen und der Tiere in den Abbaugebieten.

Das Bild eines selbstfahrenden E-Autos, mit einem im Inneren am Computer arbeitenden Leibeigenen der Wirtschaft, sitzend auf einer geballten Ladung Strom, eingehüllt in elektromagnetische Felder, trifft bei mir einerseits auf Fassungslosigkeit und Angst, ob soviel menschlicher Dummheit und Gier. Aber, man möge es mir nachsehen, auch einen saftigen Lachanfall kann ich mir nicht verkneifen. *Ach lieber Gott, lass viel Gras wachsen, denn die Zahl der Rindviecher wird immer größer!*

Eindeutig ist das zu diesem Zeitpunkt schon der Verwirrung der Menschen durch Verstrahlung und

Vergiftung zuzuschreiben. Schade um die vielen Menschen, deren Potenzial dadurch verloren ging.

Aber zurück zu den Untersuchungen. Als weitere Untersuchungsmethode wurde auch die, in unserer Zeit schon bekannte, aber möglichst verschwiegene, holistische Blutuntersuchung eingeführt.

„Holos", aus dem griechischen bedeutet „ganz". Also eine ganzheitliche Untersuchungsmethode, wofür nur einige Blutstropfen erforderlich sind, da das Blut den ganzen Mensch repräsentiert und so darin Krankheiten sichtbar sind.

Der Mensch ist nicht allein der Körper, sondern auch Seele und Geist. Der Körper ist vom Ich getrennt und dient lediglich dazu, hier auf Erden als Materie funktionieren zu können.

Sind im Denken und im seelischen Bereich aber Störungen, so wird sich das auch auf den Körper übertragen. Umgekehrt genauso. Ist der Körper beschädigt, wird auch die Seele, nämlich das **Ich** leiden.

Der Körper, das Herz und das Gehirn sind der materielle und sichtbare Teil eines Menschen. Während der Körper für die Funktionsausübung gebraucht wird, steht das Gehirn für das Denken und dem Herz werden die Gefühle zugesprochen.

Seele und Geist sind der immaterielle Teil eines Menschen und nicht sichtbar. Während die Seele dem entspricht, was das wirkliche **Ich** ist und einen eigenständigen Seelenkörper hat, ist der Geist die Körper-Seele-Verbindung. So ist also darauf zu achten, dass Körper, Geist und Seele in Einklang sind.

Wird in unserer Zeit immer vorgebracht, dass „Dank der Medizin" viele schlimme Krankheiten ausgemerzt worden seien und der Mensch heute eine weitaus größere Lebenserwartung habe als noch vor 200 Jahren, so ist dennoch nicht wegzuleugnen, welche und wie viele neue Krankheiten hinzugekommen sind.

Früher waren es die Hygienebedingungen und die schlechte Ernährung durch Armut, die oft zu Seuchen führte. Dies ließ auch die Mütter mit Kindbettfieber dahinsiechen und die Säuglingssterblichkeit erschreckend hoch treiben. Viele erlagen auch frühzeitig einem Lungenleiden, da die Isolierung der Wohnungen und Häuser miserabel war.

Des Weiteren ist nicht wegzuleugnen, dass eine Menge alte Menschen in den Heimen durch lebenserhaltende Mittel dahinsiechen, die schon lange kein Leben mehr haben, nur um noch in der Altersstatistik zu landen. Auch wird nicht preisgegeben, dass es weitaus mehr Impfschäden gibt, als dass die Krankheit, gegen die geimpft wird, wirklich ausbricht.

Ein Neugeborenes, kaum dass es aus dem Mutterleib gekrochen ist, wird mit einer 6-fach-Impfung bombardiert. Aber keiner weiß woher Neurodermitis, Asthma, ADHS und all die Allergien und Unverträglichkeiten kommen! Das muss einem doch zu Denken geben? Und der Impfwahn geht weiter. Im Frühjahr die Zeckenimpfung, im Herbst die Grippeimpfung, dazwischen Tetanus und gegen Lungenentzündung usw..

In unserer Zeit wird sogar überlegt, ob Impfungen zwangsweise angeordnet werden sollen. (Schönen Gruß von der Pharmaindustrie.)

Weitere Behandlungsmethoden für die verwirrte, verstrahlte und vergiftete Menschheit der letzten grausamen Zeitepoche sind die verschiedenartigsten psychotherapeutischen Angebote.

## Psychotherapien:

Psychotherapien werden in unserer Zeit als *Heilbehandlung für seelische Störungen deklariert.* Die Methoden der *Heilbehandlung* sind unterschiedlich, münden aber immer im Erkennen des eigenen Fehlverhaltens.

Es gibt fünf gängige Arten von Psychotherapien.

## Die Gesprächspsychotherapie:

Hierbei soll der Patient sich in seiner aktuellen Lebenssituation verstehen und annehmen lernen. Nur bei Bedarf soll die Vergangenheit hinzugezogen werden. Was dann unweigerlich in der Verhaltens- oder analytischen Psychotherapie landet, denn Gegenwart ist nun mal ohne Vergangenheit nicht möglich.

## Die Verhaltenstherapie:

Sie ist eine problembezogene Therapie. Durch Verhaltensweisen, die im Leben eines Patienten durch seine Erfahrungen erlernt wurden, entstehen oft seelische Nöte wie Ängste und Phobien. Die gilt es wieder zu verlernen. Dazu werden oft kleine und größere Konfrontationsübungen gemacht. Der Patient soll dadurch negative Muster in positive verwandeln lernen.

**Die systemische Psychotherapie:**
Sie betrifft nicht nur den Patienten selber, sondern bezieht sich auf sein gesamtes Umfeld, auf seine Familie, auf Partnerschaften oder andere wichtige Bezugspersonen. Oft liegt „nur" eine Beziehungs-Verhaltens- und Kommunikationsstörung vor. Dies gilt es zu erkennen und an Lösungsmöglichkeiten zu arbeiten.

**Die analytische Psychotherapie:**
Hierbei soll Verdrängtes an die Oberfläche gebracht werden. Traumatische Erlebnisse und psychische Störung als Folge früherer Konflikte und Belastungen, meist in der Kindheit, zeigen sich als Blockaden in der Entwicklung. Durch nochmaliges Durchleben in der Bewusstmachung, soll es verarbeitet werden.

**Die tiefenpsychologische Therapie:**
Sie entsteht aus der analytischen Psychotherapie, in der von der Ursache vergangener psychischer Leiden in seiner Gesamtheit ausgegangen wird.
Dies tut auch die tiefenpsychologische Therapie. Der Unterschied aber besteht darin, dass sie sich auf den zentralen Konflikt konzentriert und nicht wie bei der analytischen Psychotherapie auf die Gesamtheit.

In der Regel berühren und rühren all diese Therapien exzessiv in der alten Suppe der Vergangenheit, die in der Gegenwart zutage kam, um den Brocken des eigenen Fehlverhaltens dort herauszufinden und herauszufischen.

Wurde einer gefunden und das tat es immer, galt es, vor allem in der Suchttherapie, in Heimen, in Kliniken und Gefängnissen, den Patient zu brechen, damit ein Neuaufbau stattfinden kann. Dieses Brechen erfolgt in der Form, ihm zu zeigen, was für ein Loser er im Leben war, ungeachtet all seiner Leistungen, die er vollbracht hat und ungeachtet auch all seiner guten Charaktereigenschaften. Diese Brechungen nehmen mitunter bizarre Züge an.

So wird oft eine ganze Therapiegruppe auf ein auserwähltes oder sich selbst gestelltes Gruppenmitglied losgelassen, indem, wie man es nennt, es auf den heißen Stuhl gesetzt wird.

Jetzt ergeht vom Therapeuten die Aufforderung an die Gruppe, Fragen zu stellen oder seine Meinung zu diesem Menschen kundzutun.

In Windeseile hat die gewollte Manipulation die ganze Gruppe fest im Griff. Wie die Berserker fallen alle mit negativen Feststellungen über den Heißen-Stuhl-Kandidaten her. Jeder hat plötzlich schlechte Charaktereigenschaften an ihm festgestellt oder verurteilt sein Tun.

Waren sie vorher vielleicht sogar Freunde gewesen und fanden sich gegenseitig in ihrer Art gut, so wird jetzt die Gelegenheit nicht ausgelassen, für sich selber einen besseren Wert herzustellen indem der andere herabgesetzt wird.

Der kommt sich nach all den Anfeindungen dann auch wie eine Maus vor, verwirrt, von allen bedroht und ohne Fluchtmöglichkeit.

Therapie steht für Heilung, während die Psyche im Allgemeinen als Synonym für die Seele herhält. Mit Psyche ist der nicht materielle Teil des Menschen gemeint und gilt als Speicherplatz aller menschlichen Wahrnehmungen dieses Lebens. Sie hat großen Einfluss, nicht nur auf die seelische Gesundheit, sondern auch auf die körperliche, das Soma.

Psychosomatik = seelisch/körperlich.

Beide sind voneinander abhängig. Stimmt es bei einem nicht, leidet auch das andere.

Für die meisten Psychotherapeuten ist Seele und Psyche das Gleiche. Im Höchstfall wird die Seele von ihnen in die esoterische, religiöse oder spirituelle Ecke verschoben.

Für alle Weltreligionen aber ist die Seele das Unsterbliche, das nach dem körperlichen Tod als Geistkörper weiterlebt, während die Psyche nur mit einem Körper existieren kann.

Weil dies in unserem Zeitalter nicht beachtet wird, kann nur dieses eine Leben in Betracht gezogen und daran gearbeitet werden.

Es ist anzunehmen, dass dies nicht so fruchtete wie erhofft. Deshalb führte man die Brechung des Menschen ein, um ihn dann wieder aufzubauen, wie es dem eigenen Bild des Therapeuten eines „geheilten" Menschen entspricht.

Im neuen Zeitalter aber wird mit psychischen/seelischen Störungen anders umgegangen. Unter Beachtung der Seele, auch als Überträger mitgebrachter Eigenschaften aus Erfahrungen die in den Vorleben gemacht wurden, ergibt sich ein ganz anderes Bild des Menschen.

Den meisten ist jetzt bewusst, dass sie nicht ihr Körper sind, sondern dieser nur das Gefährt ist, um sein wahres Ich durchs Leben, durch die Materie transportieren zu können.

Schließlich sagt niemand *ich tu weh*, sondern sagt *mein Bauch tut weh, mein Bein, mein Arm* oder sonst ein Körperteil. Man hat die Trennung erkannt und so bekommt die Seele einen ganz anderen Stellenwert, als ein Synonym für Psyche zu sein, die für Denken und Fühlen steht. Allein deshalb sieht eine Therapie ganz anders aus.

Nicht die Unzulänglichkeit oder das Fehlverhalten eines Menschen, das jetzt in ein richtiges Verhalten umfunktioniert werden muss, steht im Vordergrund, sondern der Mensch selbst.

Ein Mensch dessen Psyche leidet und oft der ganze Körper gleich mit, dem ist Selbstwert verloren gegangen oder wurde ihm nie gestattet.

Dies kann nur in Verbindung mit anderen Menschen geschehen, in den meisten Fällen durch das Elternhaus. Also liegt das Fehlverhalten nicht an dem Erkrankten, sondern am System Mensch.

Jetzt in der Suppe seines vermeintlichen Fehlverhaltens herumzurühren und ihm die alleinige Schuld an seiner Misere zuzuschieben, ist Folter pur. Ihn dann auch noch auf dem „heißen Stuhl" fertigzumachen, ist die Todesstrafe. Dieser Mensch vertraut niemanden mehr und bleibt für den Rest seines Lebens von seinen Mitmenschen getrennt.

Auch wenn er sich in der Masse bewegt, wird er alleine sein. Wer wundert sich da noch über Rückfälle und über die Menschen, die ihr Leben nicht auf die Reihe bekommen.

Ein Mensch mit ausreichendem Selbstwert knickt, wenn es in Folge nicht zu viele sind, auch nicht bei Schicksalsschlägen ein. Er ist imstande sie zu tragen und nach einiger Zeit zu transformieren, sodass sein Leben noch immer gelebt werden kann.

Er bekommt auch Unterstützung von den Mitmenschen aus seinem Umkreis, denn er hat ein festes Gebilde.

Weil ein Selbstwertloser aber ständig ruhelos auf der Suche nach sich selber ist, konnte sich kein Stamm um ihn bilden, der ihn auffangen würde. Das ließ ihn einbrechen.

In vielen Gesprächen mit Heilern dieser Neuzeit und ihren Behandlungsmethoden wurde uns, meinem Mann und mir, ein weitaus größeres Menschenbild vermittelt als in unserem Zeitalter an Wissen vorhanden war und so auch wirre Verwendung fand.

Wir begriffen, dass nicht nur das Fundament stabil sein sollte, sondern zuerst der Bodenbeschaffenheit, die aus mitgebrachten Erfahrungen der Vorleben besteht, Beachtung zukommen muss. Danach kann dann das Fundament ausgerichtet werden, worauf im nächsten Schritt das Haus, das Lebenshaus entsteht.

Es hat also wenig Sinn, in der Psyche (Speicherplatz menschlicher Wahrnehmung des gerade gelebten

Lebens) herumzustochern und darauf ein Haus bauen zu wollen, ohne die Seele mit ihren Erfahrungen aus vielen vorangegangenen Leben zu beachten.

Viele sagen:
***Jeder Mensch hat eine Seele.***

Das ist nicht richtig, weil:
***Jeder Mensch eine Seele ist.***

Nicht der Körper hat sich eine Seele gesucht, sondern die Seele hat sich einen Körper gesucht um im materiellen Leben agieren zu können.

Was also ist die Seele? Anders gefragt: Was bin ich?

**Seele ist der Urzustand von Liebe und Harmonie in der Individualität – I c h bin Liebe und Harmonie. Ich bin ein Individueller in der Vielfalt anderer Individueller. Ich bin ein Blatt am Baum des Lebens unter vielen Blättern, einer gemeinsamen Wurzel und eines gemeinsamen Stammes. Wir alle fallen irgendwann ab, um zu einer bestimmten Zeit uns wieder neu zu bilden, heranzuwachsen und als Gemeinschaft zu funktionieren.**

Ist der Urzustand gestört, strebt jede Seele danach, ihn wieder herzustellen.

Wie und was kann diesen Urzustand stören?

Da kommt jetzt die Psyche ins Spiel. Durch viele schon gelebte Leben hat sich eine große Ansammlung von Wahrnehmungen unterschiedlicher Art angesammelt. Viele sind mit Freude und mit Wohl-

72

fühlen verbunden, viele aber auch mit Schmerz, mit Kampf und Angst.

Um letztere Speicherungen wieder loszuwerden, um die Seele, sich selber, wieder in den Urzustand von Liebe und Harmonie zu bringen, sind weitere Leben nötig.

Jetzt passiert das, was uns Menschen immer ein Bild von Ungerechtigkeit vermittelt. Manche Menschen wachsen in einem harmonischen Familienverbund auf, während andere ins Chaos geboren werden. Viele können sich alles leisten, während andere verhungern. Manche sind krank, andere gesund usw..

Wir Menschen haben dafür einen lapidaren Spruch parat: Jeder ist seines Glückes Schmied!

Der stimmt mit Sicherheit nicht, wenn er nur dieses gerade gelebte Leben betrifft. Da hat so mancher keine Chance, egal wie sehr er sich abmüht, weil es nicht im Programm seines gegenwärtig gelebten Lebens vorgesehen ist.

Wird er aber auf all die vergangen Leben bezogen, so hat die Seele jetzt, genau in diesem Erdenleben die Möglichkeit sich wieder auf den Urzustand Liebe und Harmonie hinzubewegen.

Das nennt sich Karma und bedeutet - eine Verkettung von Ursache und Wirkung.

Der Begriff stammt aus dem Sanskrit und hängt mit seinen Samskâras zusammen, was besagt, dass genau hier alles aus vergangenen und dem gegenwärtigem Leben abgespeichert ist und des Menschen Verhalten, Gedanken und Motive steuert.

Das ist das, was wir fälschlicherweise unter Psyche verstehen. Eine Behandlung unter dem alleinigen

Aspekt des gegenwärtigen Lebens ist deshalb nicht nur unvollständig, sondern schlichtweg nicht möglich.

Erst mit dem Wissen von Karma (Ursache und Wirkung) und seinen Samskâras (Speicherungen aus den vergangenen und dem gegenwärtigem Leben) kann eine Heilbehandlung vonstatten gehen und zum Erfolg führen.

Nicht nur ein menschlicher Körper trägt eine Seele für die Reise durchs Erdenleben, auch in Tierkörpern sind Seelen auf der Reise.

Ist im Schamanismus nicht nur jedes Wesen beseelt, wird auch alles andere, wie Pflanzen, Steine, jeder Gegenstand, alles Sichtbare und Unsichtbare als beseelt gesehen.

Das heißt für mich, die in einem christlich geprägten Land aufgewachsen ist, nicht aber an Gott als Person glaubt, dass eine geistige, alles durchdringende Energie in allem vorhanden ist.

Im Grunde ist es nicht wichtig, ob man das weiß, Beweise dafür hat oder auch nicht. Wenn Achtung für jeden und für alles vorhanden und Verhalten dementsprechend ausgerichtet ist, dann bedarf es keiner kopflastigen und teuren Studien. Dann ist allein das Vorleben, ob bewusst oder unbewusst, Hilfe für die noch verirrte und verwirrte Menschheit, um sie von allen Sorgen und schwächenden Gedanken zu heilen und sie Freude und Zufriedenheit erfahren zu lassen.

Und noch ein Wort zur Ernährung. Die erfolgte in der vergangenen Zeitepoche auch nach wirtschaftli-

74

chen Aspekten und nicht nach gesundheitlichen und für den Mensch bekömmlichen. Masse musste es sein, nicht Klasse. Der Rest konnte ja weggeschmissen oder an die Tafeln für die Armen eines reichen Industrielandes verfüttert werden.

Man kann es sehr schön an dem immer größer gewordenen Geschirr, an Tellern, Tassen, Gläsern und Bestecken sehen. Hat man sein Tee- oder Kaffeechen früher aus Tässchen genossen, säuft man heute aus Humpen.

Die ganze Nahrungsmittelindustrie spritzt alles was wächst auf Teufel komm raus. Forschungen gehen in die Richtung immer mehr, immer größer, mit nur einer Entschuldigung, nämlich die rasche Vermehrung der Menschheit, die ja ernährt sein will.

Eine dumme Ausrede, weil es genug Anbaufläche für alles und alle gäbe, würde der zügellose Fleischkonsum und die damit verbundene Tierquälerei eingestellt. Dann würde auch die Gülle  nicht unsere Luft und das Wasser verschmutzen. Das für uns lebenswichtige Bienenvolk, Mücken und Vögel blieben erhalten.

Sich Sorgen um das rasante Wachstum der Menschheit zu machen, ist gar nicht nötig. Die Menschen dieses vergehenden Zeitalters sind in ihrem Machtgehabe und ihrer Gier nach allem zu blöd, um zu leben. Sie können sich nur rumhauen, Kriege führen, haben Freude an Betrug, an Übervorteilung und der Ausbeutung ihrer Mitmenschen und der Erde. Sie verseuchen sich mit Chemie in allen Belangen, bringen ihre Gehirne mit Strahlung durcheinander, sodass ein normales Denken nicht mehr möglich ist.

Damit erledigen sie sich selber und auch gegenseitig und die Erde wehrt sich am Ende des Zeitalters und nimmt viele mit.

Dann ist wieder Platz und das neue Zeitalter kann beginnen – die Menschen es dieses Mal besser machen.

Entsetzliches Leid war dem vorausgegangen.

Aber zurück zu den Heilmethoden der Neuzeit. Auch hier zeigt sich die Vielfalt in der Kreativität, die gewollt ist und nicht von alleinherrschenden Konzernen eingeschränkt wird.

Heilkreise haben sich gebildet, die Kranke kostenfrei oder zu einem freiwilligen Obolus beanspruchen können. Weil verschiedene Menschen auch verschiedene Methoden der Heilung benötigen, ist die Palette der Angebote groß. Die einen besingen die Krankheit, andere verbeten sie, wieder andere legen Hand auf. Es werden auch mit Sorgen beschriebene Zettel im Feuer verbrannt, um durch den aufsteigenden Rauch den Himmel, die geistige Welt um Hilfe zu bitten. Vielleicht auch um „dort oben" auf seine Probleme, die seiner Mitmenschen und Mitgeschöpfe aufmerksam zu machen. Es werden Formeln gesprochen und schädigende Gedankenmuster versucht umzuprogrammieren.

Wir kennen das, wenn auch versteckt, aus unserer Zeit vom Besprechen einer Gürtelrose oder Warzen, was als Heilmöglichkeit durchaus seine Berechtigung hat.

Es werden Wanderungen mit Kranken in die Natur gemacht, um die Kraft starker Bäume, die Kraft von Mutter Erde in sich aufzunehmen. In Gesundungshäusern (ehemals Krankenhäuser genannt) arbeiten Geistheiler mit den Ärzten zusammen. Hier hat nicht die Chemie die Oberhand, sondern das Wissen um Heilenergien, die Heilwirkung der Kräuter und deren Anwendung.

Der Patient kommt sich aufgehoben vor, weil er nicht ohne ausreichende Aufklärung mit Pillen abgefertigt wird. Man nimmt sich Zeit für jeden Patienten, beantwortet geduldig seine Fragen, erklärt ihm die Behandlungsmöglichkeiten und nimmt ihm damit die Ängste, was den Heilungsprozess vorantreibt. Es gibt keine bestimmenden Ärzte mehr wie in unserer Zeit, sondern beratende. Hier hat jeder die Möglichkeit über sich, seinen Körper und die Behandlungsmöglichkeit selber zu bestimmen.

Außer mit Kräuterbehandlungen werden mannigfaltige Heilmethoden angewandt – Akupunktur, Hypnose im medizinischen Bereich, nicht als Showeinlage, Reiki, Ayurveda, Yoga und vieles andere mehr, was auch schon in unserem Zeitalter seine Anfänge gefunden hat.

Durch das erweiterte Bewusstsein der Menschen gibt es jetzt viele Menschen, die wieder über hellseherische Fähigkeiten verfügen, vieles erspüren und diese Gabe ihren Mitmenschen und auch den Tieren zur Verfügung stellen. Auch Medien, die Kontakt mit Verstorbenen, mit den uns Vorangegangenen herstellen können, sind keine Seltenheit mehr. Dadurch sind Kontakte mit unseren Lieben möglich und man muss die *Toten* nicht ruhen lassen, wie das die Kirche sagt. Unsere Verstorbenen sind an uns interessiert und freuen sich über jeden Kontakt. Sie haben uns „Lebende" nicht vergessen und stehen uns oft als Helfer zur Seite.

Mit diesem Wissen wird „Leben" jetzt nicht mehr um jeden Preis erhalten und der Sterbeprozess nicht mehr aufgehalten. Damit ist die Qual beendet für die Menschen, deren Körper kein wirkliches Leben in einem Körper mehr zulässt. Sterben ist ein normal betrachteter Vorgang. Der Mensch wird geboren, um sich auf diesem Planeten wieder zu vervollkomm-nen, sich seine verlorengegangenen Seelenanteile zurück zu holen und wieder ganz zu sein. Für einige Menschen ist hierfür nur wenig Zeit nötig, deshalb versterben sie auch eher. Oder sie haben sich zu Ver-fügung gestellt, um den Lernprozess ihrer Eltern zu beschleunigen. Durch Leid lernt man nun mal am schnellsten.

Man heult sich also nicht die Augen aus, sondern weiß um die nur vorübergehende Trennung und behält die Erinnerungen an die (voran)gegangene Person in Ehren. Und vor allen weiß man, dass es den Lieben in der anderen Welt jetzt wieder gut geht. Dadurch ist das weitere Leben erträglicher und man absolviert seine eigene Lebensrunde so gut es eben geht, bis man sich wiedersieht.

## 7. Kapitel

# Mitmenschliches Verhalten

Mein Mann und ich durchliefen hier einen großen Gedankenprozess. Alles war so ganz anders als bei uns. Wir bemerkten, dass wir uns immer wieder in Bewertungen und Urteile verstrickten. Gleichsam aber waren uns auch die Oberflächlichkeit und der Zeitaufwand dessen bewusst.

Jede Begebenheit wurde sofort in *schön oder nicht schön, gefällt mir oder gefällt mir nicht, finde ich gut oder finde ich nicht gut* gepackt.

Und bei den Menschen entfuhren uns Gedanken wie: *Wie sieht der denn aus, was macht der da, schau mal wie der sich verhält, was der anhat uvm.!*

Das hatte zur Folge, dass wir uns jetzt ständig den Spiegel vorhielten und in Betrachtung zu den Menschen und deren Verhalten um uns herum begaben. Dabei kamen wir uns sehr doof vor. Wir fühlten uns viele Stufen unter ihnen platziert. Und mit der Zeit fanden wir uns reichlich albern und das nicht in einer lustigen Art, sondern in einer sehr dämlichen.

Oft zogen wir uns deshalb beschämt in unseren Strandkorb zurück, um mit der Erkenntnis fertig zu werden, dass Urteile über andere zu fällen, dem eigenen Mangel an Selbstwert entspringt.

Wer oder was immer, ob Mensch, Tier, Pflanze, das Mineralreich oder Dinge erniedrigt, es dient nur der eigenen vermeintlichen Erhöhung. Da diese Erhöhung aber nur von einem selber ausgeht, ist sie auch nur diesen einen kleinen gemeinen Moment überzeugend. Wirklich brauchbar und glaubhaft wird es erst, wenn es von anderen Menschen und allem mit denen man den Lebensraum teilt als Lob oder Anerkennung kommt. Dann fühlen wir, ganz tief Freude in uns. Und wir fühlen uns, in aller Bescheidenheit, wertig.

Gedeiht ein Tier oder eine Pflanze unter unserer Fürsorge, dann ist dies ein Zeichen der Dankbarkeit und des Lobes für uns. Gedeiht ein Kind unter unserer Führung oder fühlt sich der Nachbar dabei wohl, uns als Nachbar zu haben, dann ist immer Dankbarkeit und Wertschätzung das Resultat und zeigt uns unseren Wert.

Natürlich gibt es in der neuen Welt auch Vorlieben und Ablehnungen, doch niemals auf Kosten anderer und deren Herabsetzung. Vorliebe und Ablehnung ist eine alleinige, ganz persönliche Empfindung und hat nichts mit anderen oder anderem zu tun.

Beispiel: Ein großer Stein auf deinem Grundstück trägt nicht Schuld daran, dass du dich über ihn ärgerst, weil du genau an dieser Stelle ein Gartenhaus aufstellen möchtest. Es ist deine alleinige Empfindung. Deshalb ist *scheiß Stein* auch nicht die richtige Bezeichnung. S*cheiß Empfindung* dagegen schon. Plan den Stein entweder mit ein oder gesteh ihm einen hübschen anderen Platz zu. Alles ist beseelt in dieser neuen Zeit, dementsprechend begegnet man auch allem.

Und so ist das auch bei Menschen. Nicht alle Energien passen zusammen. Das heißt aber nicht gleichsam, dass der Mensch, der nicht zu deiner Energie passt, manchmal sogar mit ihr kollidiert, Scheiße ist. Er hat sein eigenes Lebens- und Lernprogramm mit in die Welt gebracht. Du solltest deshalb nicht über ihn richten, lästern oder dich über ihn stellen. Plan ihn mit ein oder gesteh ihm einen hübschen anderen Platz zu, genau wie dem Stein in deinem Garten. Und denk immer daran, dass wir alle individuelle Blätter an einem Baum sind, mit selbem Stamm und Wurzel. Das wir alle Tropfen sind und nur gemeinsam ein Meer ergeben. Wir sind alle miteinander verbunden. Deshalb sollten wir nicht gegeneinander konkurrieren  und glauben, dass wir nur gewinnen können, wenn ein anderer verliert.

Befreie dich von dem Konstrukt, dass dir solchen Unsinn weismachen will. Das Menschen systematisch gegeneinander hetzt und antreibt und sie allein für eigene Zwecke benutzt.

Was hat sich da nur in unserem Zeitalter abgespielt? Die Industrieländer sind auf technisch höchstem Stand, Menschlichkeit und menschlich wohlwollendes Verhalten aber ist im Moor versunken. Sollte die Technik ursprünglich den Mensch entlasten, hat man sie ausschließlich für materiellen/finanziellen Zuwachs benutzt. Man hat die Menschen zur Arbeit getrieben, wie Tiere in die Schlachthöfe. Immer mehr, immer schneller - ausgeschlachtet! Wohin nur? Und warum?

Dieses System hat den Menschen ihre Lebenszeit gestohlen. Das ist hier, in der neuen Zeit ganz anders. Die Menschen sind zufrieden, weil sie nicht getrieben sind. Sie sind nicht auf dem Weg zum Frieden, wie Kriege und Streit oft erklärt werden. Hier ist Frieden der Weg und nicht das Ziel.

Jeder trägt seinen Teil zur Gemeinschaft gerne und freiwillig bei und hat dennoch Zeit für eigene Gedanken, eigene Ideen und deren Umsetzung. Das in unserem Zeitalter geprägte Wort *Entschleunigung* ist hier umgesetzt.

Niemand ist mehr alleine, es sei denn, er möchte alleine sein. Die vielen kostenlosen oft nicht geplanten Veranstaltungen innerhalb und außerhalb der Ortschaften, haben immer Platz für Gleichgesinnte, aber auch für andere. Jeder ist gerne gesehen, man kommt sofort ins Gespräch, wie in einer großen Menschenfamilie in der sich jeder kennt. Das Leben spielt sich weitgehend in der Gemeinschaft ab, nicht schlagkaputt vom Arbeitsstress vor dem Fernseher.

Dieses System hat sich über die ganze Erde verteilt. Wo immer ein Mensch hingeht, er wird herzlich aufgenommen.


All das trägt dazu bei, dass materielle Dinge in den Hintergrund treten. Das Zusammensein und seinen wirklichen Interessen nachgehen zu können und seine Talente auszuleben hat Priorität. Hier war wirkliches Leben möglich.

8. Kapitel

# Eine stressfreie Reise

Eines Tages beschlossen wir auf Reisen zu gehen. Wir wollten sehen, wie das Leben in anderen Städten vonstatten ging.

Auch vor unserem Haus stand solch ein kleines Fahrzeug mit Platz für zwei Personen, wie es uns anfangs schon vor anderen Häusern aufgefallen war. Damit durchforsteten wir zunächst die umliegenden kleineren und größeren Orte. Überall ergab sich das gleiche Bild. Häuser und Straßen erstrahlten in hübschen Farben. Oft waren sie mit Motiven und Sinnsprüchen bemalt und alle hatten begrünte Dächer. Der Stadtkern war einzig dem Warenverkauf und anderen Geschäften überlassen. Wohnungen gab es hier nicht, die befanden sich außerhalb des rührigen Stadtkerns. In Beachtung, den Menschen trotz aller Aktivität, auch Ruhe zukommen zu lassen und für die Kinder großflächige Spielmöglichkeiten zu bieten, wurde Geschäftigkeit und Wohnen getrennt gehalten. So war viel Leben in den Stadtkernen und die Menschen gingen freundlich und achtsam miteinander um. Straßenkünstler sorgten für Musik, Tänzer zeigten was sie konnten, Maler stellten ihre Bilder aus.

An den Verkaufsständen wurde Kreatives oder anderes Selbsthergestelltes angeboten und auch vor den Wohnhäusern im ganzen Ort boten die Menschen im Kleinen das an, was sie selber nicht mehr brauchten. Entweder gegen eine geringe Bezahlung oder es war zum verschenken. Nichts, was noch gut war landete auf dem Müll, sondern erfreute einen anderen. Auch übrig gebliebene Lebensmittel.

Das erinnert mich an eine Geschichte, die mir in Indien zugetragen wurde: Ein Mensch, gerade verstorben, kam in den Himmel. Ratlos schaute er sich um. Da nahm er zwei Menschenwesen wahr. Der eine übergab dem anderen gerade ein Geschenk. Der Beschenkte freute sich so sehr darüber, dass man die Freude selbst als Zuschauer fühlen konnte. Und während der Beschenkte noch sein Geschenk bewunderte, flog der Schenker wieder fort. Nach einer Weile kam ein weiteres Menschenwesen angeflogen, sah das Geschenk in den Händen des anderen und sagte mit Begeisterung: *Oh, das ist aber schön!*

Da gab er es ihm mit den Worten: *Hier, nimm, es ist für dich!* Dann flog auch er davon.

Dies wiederholte sich mehrere Male. Verdutzt beobachtete der soeben Verstorbene den Vorgang. Und plötzlich verstand er - es wurde Freude weitergegeben. Hätte das erste Menschenwesen sein Geschenk behalten, wäre hier Stopp gewesen. So aber konnte dieses eine Geschenk Freude, sogar doppelte Freude, nämlich die des Nehmens und des Gebens, durch das ganze Universum tragen.

Und so kam es mir jetzt vor, wenn Leute das, was sie nicht mehr brauchten, vor die Häuser stellten. Auch wenn sie noch einen kleinen Obolus dafür forderten, brachte es dennoch einem anderen Menschen und auch sich selber Freude.

Geld ist nicht das böse Mittel, welches die Menschen verdirbt, wie es in unserem Zeitalter allgemein gesehen wird. Es soll lediglich die Armen (die guten Charaktere) arm halten und die Reichen als charakterlos hinstellen. Doch Geld ist lediglich eine Form des Warenaustauschs. Es ist nur Papier, Metall oder Plastik und deshalb nichts Verwerfliches. Verwerflich ist höchstens der Charakter eines Menschen, der damit falsch umgeht und sich des Geldes wegen wertiger sieht. Doch des Menschen Wert kann nicht am Geld gemessen werden, sondern einzig an seinem Verhalten.

Es ist also nicht verwerflich, wenn ein kleiner Obolus, der noch für das genommen wird, was man selber nicht mehr braucht. Es ist eine Win-Win-Aktion für beide Parteien.

Es gibt dafür weder Verbote noch einschreitende Ordnungskräfte. Diese Art des Warenaustauschs ist gewollt, um Müll zu verringern. Nicht wie in unserem Zeitalter, indem es nur um Profit ging und deshalb nicht angemeldete Ware unkontrolliert zu verkaufen verboten war. Ungeachtet der enormen Müllberge, die im eigenen Land nicht entsorgt werden konnten und deshalb die armen Länder damit belastet wurden.

Nun hatten wir genug gesehen und in uns aufgenommen. Jetzt beschlossen wir nach Frankfurt zu fahren, um zu sehen, was sich hier verändert hat.

Mein Mann und ich waren in Frankfurt aufgewachsen und kannten deshalb das Flair und die Mentalität der Menschen dieser großen Stadt. So konnten wir Vergleiche zur Neuzeit ziehen.

Im Parkhaus fanden wir das, zu unserem Haus gehörende und oft unter mehreren Leuten aufgeteilte, größere und schnellere Fahrzeug für die 600 km nach Frankfurt. Nach einer Weile Landstraßenfahrt ging es auf die Autobahn. Und das war ein Genuss! Freie Fahrt, nur vereinzelt an kleineren Transportern vorbei und ganz ohne Ein-Mann -Berufspendler.

Keine Geschwindigkeitsschilder von 60-80-100-120 km/h und im Wechsel zurück. Es gab lediglich Hinweisschilder, um auf eventuelle Gefahrenstellen aufmerksam zu machen und sich darauf einstellen zu können.

Das war super. Allerdings ging es jetzt nicht mehr mit 200 km/h über die Autobahn. Die Fahrzeuge waren in ihrer Funktion langsamer. Darüber konnten wir, aus der alten schnelllebigen Zeit Kommenden, uns erst einmal gar nicht begeistern. Wir hatten uns auf 600 km freies Brausen eingestellt. Doch wir wurden dafür reichlich entschädigt. Kommunikation war jetzt möglich. Man raste nicht nur an einander vorbei, sondern einigte sich oft mit Handzeichen, lächelte sich zu oder winkte den Kindern zurück, die aus anderen Fahrzeugen Interesse zeigten.

Auf den Parkplätzen herrschte reger Verkehr. Jeder schien hier zu stoppen. Die Menschen kamen miteinander ins Gespräch und es schien, als wären es nicht abgesprochen Treffen, die jeder gerne nutzte.

Nicht wie in unserem Zeitalter, indem jeder der Feind des anderen war. Entweder war es ein Raser oder ein Verkehrsstauendes Kriechtier. Deshalb setzte man sich auch so weit entfernt wie möglich, um ja nicht mit dem „Feind" sprechen zu müssen.

Die Einzigen die sprechen wollten, waren die Händler, die Kochtöpfe und „echten" Goldschmuck den hier haltenden Menschen andrehen wollten.

Uns fielen auch die Motorradfahrer auf, die nicht mehr wie verpackte Action-und-Science-Fiction-Helden aussahen, sondern sich wieder den Wind um die Nase und durchs Haar wehen lassen konnten.

Waren wir erst gar nicht so begeistert von der Entschleunigung auch auf den Autobahnen, so wussten wir am Ende unserer Fahrt dies doch sehr zu schätzen. Wir hatten viele nette Menschen kennengelernt, hatten einen wunderschönen Tag mit unseren Mitmenschen verlebt und fühlten uns wundervoll zugehörig zum Land und zu der Spezies Mensch.

Jetzt kam es uns vor, als wären wir viel zu schnell in Frankfurt angekommen. Das hatte wirklich Spaß gemacht und unsere Herzen mächtig erwärmt.

Vor der Stadt wurden wir gleich unterirdisch zu Parkanlagen geleitet, wo wir unser Auto abstellen konnten und uns verschiedene Weiterfahrmöglichkeiten offenstanden. Wir entschieden uns für ein Zwei-Personen-Minifahrzeug um unabhängig zu sein. Was immer man benutzte, es wurde zu bezahlbaren Preisen angeboten.

Und los ging es. Zunächst quartierten wir uns in einem Hotel in einem Frankfurter Randgebiet ein, um die Eindrücke des Tages zu verarbeiten und zu übernachten.

Am nächsten Morgen, ausgeruht und nach einem ausgiebigen Frühstück, machten wir uns auf den Weg. Gespannt harrten wir der Dinge, was aus unserem Frankfurt mit der Zeit an Veränderung geschehen war. Zunächst fuhren wir durch mehrere Wohngebiete. Hier war viel Grünfläche geschaffen worden. Viele Spielplätze für Kinder zum Austoben. Aber auch Erholungsflächen für die Alten und die Menschen die Ruhe suchten. Alles war Parkähnlich angelegt. Konnten die Kinder sich dem Abenteuerspiel hingeben, gingen die Ruhesuchenden in sich, lauschten dem Rauschen kleiner angelegter Wasserfälle oder sanft plätschernder Brunnen. Sie erfreuten sich am Gesang der Vogelwelt und an den leise klingenden Windspielen die vereinzelt in den Ästen hingen. Auch für Gesellschaftsspiele war Platz geschaffen worden und Schach war, wie wir sahen, mit in die Neuzeit gekommen.

Hatte man in unserer Zeit Spielstraßen geschaffen, die zu nichts nutze waren, weil Kinder dennoch, entweder vor an- und abfahrenden oder parkenden Autos ständig auf der Hut sein mussten. Dadurch war ein wirkliches Spiel nicht möglich.

Man baute auch Wohnsiedlungen, ohne die Bedürfnisse beider Parteien zu beachten. Man fand es fortschrittlich Alt und Jung zu integrieren. Das sah dann so aus, dass die Alten Ruhe verlangten, während die Kinder gerade lauthals in ihr Spiel vertieft waren. Das schuf Abstand, Wut und Misstrauen zueinander.

Hier, in der Neuzeit, werden die Bedürfnisse beachtet. Das heißt nicht, dass es Trennung durch Verbote gibt. Jeder kann in das Territorium des anderen gehen. Da sitzen zum Beispiel die Alten, wenn sie wollen, auf den Bänken und sehen dem Spiel der Kinder zu. Und oftmals werden sie mit Rat und Tat einbezogen – vielleicht wie man die schönste Sandburg bauen kann.

Auf diese Weise fungieren Alte bei den Kindern nicht als ewig meckernde Schreckgespenster, sondern die Kinder profitieren schon frühzeitig vom Erfahrungsschatz der Alten. Dies lässt die Alten nicht mehr vereinsamen. Sie fühlen sich gebraucht, sie fühlen sich nützlich und geben ihr Wissen gerne weiter. Sie werden sanftmütig.

Oft ist es aber auch so, dass Kinder die Ruhe suchen. Dann ist der Weg in die Ruheparks nicht weit. Gemeinsam kann hier geschwiegen und auf die Geräusche der Natur gehört werden. Viele Alte haben wir hier mit Büchern gesehen, (ja, auch Bücher schaffen es in die Neuzeit) die sie bei Bedarf den Kindern vorlesen. Und so mancher wird hier zur geliebten, nicht mehr missen wollenden Oma, zum Opa oder zum Mentor.

Bei soviel Harmonie ist Respekt und Achtung Voraussetzung. Die Kinder der Neuzeit wachsen damit auf, weil Eltern und auch Lehrer wieder Zeit für respektvollen Umgang mit ihren Kinder haben und dies auf die Kinder übertragen. Dadurch haben sie die Bedürfnisse ihrer Kinder im Blick, können auch ihr eigenes Verhalten beobachten und einschätzen. Sie selber profitieren von der Achtsamkeit, die sie ihren Kindern und sich selber jetzt zukommen lassen können. Dies schafft ein beiderseitiges respektvolles Verhalten durch Vorleben.

Eltern und Lehrer sind sich jetzt ihrer Wichtigkeit bewusst und wissen, dass sie die Verantwortlichen dafür sind, wie sich die Kinder entwickeln, benehmen und was aus ihnen wird. Und sie wissen, so wie sie die Kinder ins Leben führen, so wird das Volk. Diese Verantwortung nehmen sie gerne an und werden dafür vom Volk geschätzt. Nicht wie in unserem Zeitalter, indem Eltern und die ganze Erwachsenenriege sich gegenseitig die Verantwortung zuschiebt. Auf Lehrer/innen, auf Kindergärtner/innen und auf die Kinder selber und letztendlich in ihrer Dummheit nur mit Strafe  und Unverständnis reagieren.

Wie arm sind die Kinder unseres Zeitalters. Kaum, dass sie den Mutterleib passieren, suchen Eltern unruhig nach Abschiebeplätzen in Fremdverwaltung. Das ganze Volk wird von den, *ausschließlich* dem Wirtschaftgedanken verfallenen Regierenden und den ihnen hörigen Medien zu immer mehr Arbeitsleistung getrieben und hetzt unruhig durch das Leben.

Kinder sind ohne Entscheidung, müssen einfach nur funktionieren. Es gibt keine Zeit Bedürfnisse und Talente heraus zu finden. Es gibt auch keine Zeit die Kinder zu lieben und keine Zeit ihnen Liebe zu geben.

Kinder sind ein Klotz am Bein, der der Berufswelt entgegen steht. Und den Erwachsenen fällt nichts anderes ein, als ihre Kinder in Kitas (Kinder-

Internierungs-Tages-Anstalten) zu entsorgen und sie zu bestrafen, wenn sie nicht so funktionieren wie es der Erwachsenen- und der Arbeitsweltwelt gerecht wird. Und mit zunehmendem Alter werden auch immer höhere Strafen für die heranwachsenden Kinder gefordert.

Was für ein Unterschied zur Neuzeit! Und was für saublöde Generationen vor ihr!

Nun, in der Neuzeit in die wir geraten sind, schien alles durch die Ordnung, die schon in den Familien gelebt wird, für ein respektvolles Miteinander zu sorgen. Es macht Freude hier herumzulaufen. Und oft sitzen wir auf den Bänken, um das wundervolle Spiel des Miteinanders zu beobachten.

Kinder und Jugendliche sind auch wieder in gemeinsamen Unternehmungen unterwegs. Und überall gibt es Treffpunkte unterschiedlicher Interessen.

Niemand stiert mehr unentwegt auf sein elektronisches Kommunikationsgerät. Kommunikation läuft jetzt von Mensch zu Mensch. Das ist fröhlich, vielseitig und gibt Wärme.

Gibt es mal Streitereien, sind Ordnungskräfte zur Stelle, die überall im Einsatz sind. Die setzen sich mit den Streithähnen zusammen und diskutieren das Thema aus.

Dazu wird eine indianische Methode der Verständigung untereinander angewandt, bei der jeder das loswerden kann, was er glaubt loswerden zu müssen. Der Sprecher erhält einen Stein und er gibt den Stein erst weiter, wenn er alles gesagt hat, was er sagen wollte und von seiner Seite aus nichts mehr offensteht.

Nun ist die Gegenseite dran. Erstaunlich war für uns, dass dies alles von jeder Partei sehr ernsthaft betrieben wurde. Es gab kein gelangweiltes Augenrollen, keine bösartigen Bemerkungen zwischendurch und keine abfälligen Gesten oder Töne wie Stöhnen, Grollen oder sonst was.

Solche Verständigungen konnten Stunden dauern. Es waren keine Schlichtungsversuche, die einen Kompromiss ansteuerten. Es war eher ein verständnisbringendes Erleben der eigenen Gefühle und der des Gegners, was zur Folge hatte, dass gemeinsam ein Plan ausgearbeitet wurde, der beiden Parteien gerecht wurde.

Und oft, so erzählten uns die Ordnungskräfte, endete solch ein Gespräch in einem Miteinander, sogar in Freundschaft und gemeinsamen Unternehmungen.

Den Menschen dieser Zeit ging ein Konkurrenzdenken völlig ab. Niemand wollte einen anderen zur eigenen Selbsterhöhung in Unterlegenheit zwingen oder ihn in irgendeiner Form übervorteilen. Allen war das Lebensmotto zu Eigen:

*In der Vielfalt die Einheit erkennen!*

Jeder wusste – wir Menschen sind aufeinander angewiesen, weil wir Rudelwesen sind. Alleine lacht es sich nun mal schlecht und dauernde Einsamkeit schmerzt und macht krank. Wir brauchen den Austausch, die Auseinandersetzung mit Andersartigkeit und die Gemeinschaft mit anderen. Dadurch gelangt der Mensch zur Akzeptanz und manchmal brauchen wir auch die Hilfe unserer Mitmenschen. Es ist nicht schwer seine Mitmenschen zu akzeptieren, wenn man sie nicht sich selber gleichsetzt. Erst die Vielfalt macht das Leben bunt, interessant und ereignisreich. Wie also würde die bunte, geballte Vielfalt mit dieser neuzeitlichen Einstellung in einer Großstadt gelebt werden? Wir waren sehr gespannt.

9. Kapitel

# Entspanntes Frankfurt

Mit unserem kleinen weißen, mit schwarzen Punkten verzierten Marienkäferchen-Auto zuckelten wir also aus den Randgebieten in Richtung Innenstadt.

Was uns als Erstes auffiel, waren die vielen verschiedenen Fortbewegungsmittel mit denen die Menschen unterwegs waren. Dadurch, dass nur vereinzelt kleine Mini-Stadt-Autos unterwegs waren, gab es jede Menge Platz auf den Straßen. Hier tummelte sich alles was Räder oder Rollen (zwei, drei oder auch 4) vorweisen konnte, außer großen Autos oder LKWs. Der Transport aller Waren war auf die Schiene verlegt worden, wurde schon vor der Stadt in einem zentralen Sammellager entladen und von dort aus mit kleineren Fahrzeugen zu den Kunden gebracht.

Dadurch, dass Mobilität bezahlbar war, hatte jeder die Möglichkeit mobil zu sein, ob mit einem eigenen Fahrzeug oder auch mit einem angemieteten. Dadurch waren die Züge weitestgehend frei für den Transport der Waren.

Unser gutes altes Fahrrad, mit und ohne Antrieb, hatte es in die Neuzeit geschafft. Auch Roller, Rollbretter und ähnliche in unserer Zeit für Behinderte hergestellte kleine Fahrzeuge, zuckelten in gemäßigtem Tempo über die Straßen. Viele Modelle gab es als Ein- oder Mehrsitzer, offen, mit Überdachung oder ganz geschlossen. Minibusse und mit kleinen Ladeflächen versehene Fahrzeuge oder Anhänger für den kleinen Transport, zeigten ein lebhaftes Straßenbild. Auch verschieden geschmückte Rikschas, wie wir sie aus Indien kennen oder kleine Strandbuggys gehörten zum Straßenbild. Der Phantasie waren in diesem neuen Zeitalter scheinbar keine Grenzen gesetzt worden. Auch nicht beim Antrieb. Der wurde in unterschiedlicher Weise betrieben, doch immer im Einklang mit den Naturgesetzen, ohne Raubbau zu betreiben und ohne Schädigung durch Luft- und Wasserverschmutzung. Auch hierbei erfreuten die Kreativität, die Vielfältigkeit und die Farbgestaltung. Alleinherrschende und alleinbestimmende Konzerne gab es nicht mehr. Der Kreativität wurde mehr Raum eingeräumt als dem Geldzuwachs und den Bestimmungen der Mächtigen zum eigenen Nutzen. Jeder hatte jetzt eine Chance.

Die Geschwindigkeit empfanden wir als gemäßigt, was deshalb das ideale Tempo für Anfänger ist, um sich in den Straßenverkehr einfinden zu lernen. Aber auch Alte oder sonst wie Verunsicherte sind damit nicht überfordert und nimmt manchem deshalb nicht sein vielleicht einziges Fortbewegungsmittel, mit dem er sein Leben noch in Selbstbestimmung gestalten kann.

Sinnvoll fanden wir auch die Hinweisschilder, die an einigen Fahrzeugen angebracht waren, die zur Rücksichtnahme aufforderten, etwa wie bei unseren

Fahrschulen. Da flippt auch keiner aus, wenn es mal langsamer geht. Da haben wir alle Verständnis.

Da stand jetzt vielleicht: *Oldie on Tour – Anfänger - Achtung Frau am Steuer* (das kam also auch mit in die Neuzeit, tz tz) - *Vorsicht schlafe noch - nicht ansprechen bin wütend* - oder dergleichen.

Sinnvoll und oft lustig verpackt. Das passte in die Neuzeit. Rücksichtnahme, Achtung, Respekt und jede Menge Humor gegenüber dem Nächsten.

Und jetzt wurden wir dem Undenkbarsten gewahr – es gab auch hier kaum Verkehrsschilder, wie uns schon auf den Autobahnen aufgefallen war. Alles was wir sahen, waren Hinweisschilder, die lediglich auf etwas aufmerksam machen sollten. Auf eine Kreuzung zum Beispiel, auf eine scharfe Kurve oder Sonstigem.

Ampeln waren ganz verschwunden. Anstelle derer gab es elektronische Vorwarner, die bei Bedarf in Text- und Bildform vor auf der Strecke liegenden, eventuellen Unfällen, Staus oder Sonstigem warnten.

Wie sollten wir beiden, die aus einem System kamen, welches den Menschen jegliche Eigenverantwortung genommen hatte, die nur in Fremdbestimmung ihr Leben fristen mussten, jetzt von Niedereschbach (Stadtteil, am Rande von Frankfurt) bis in die Stadtmitte kommen? Na, das konnte ja lustig werden!

Es war auch nicht ganz einfach bei der Vielzahl unterschiedlicher Verkehrsmittel seinen Platz zu erkennen. Auch wenn wir uns anfangs vielleicht nicht immer ganz korrekt eingliedern konnten, uns nicht ganz korrekt verhielten (man stelle sich das wie erstmaliges Linksfahren in England vor), mussten wir keine bösen Worte oder Zeichen von anderen Verkehrsteilnehmern einstecken.

Wir hatten aber auch schon vorgesorgt und uns ein Schild *Anfänger* und *Fremd in der Stadt* ans Auto gepimpt. Und tatsächlich, jeder nahm Rücksicht und es wurde uns sogar freundlich zugewinkt.

Wir waren willkommen.

Eine heiße Welle der Zuneigung zu diesem Zeitalter und seinen Menschen durchflutete uns. Aber auch viel Traurigkeit erfasste unser Gemüt, wenn wir abends in unserer Unterkunft den Tag Revue passieren ließen und Vergleiche anstellten.

Längst hatten wir beschlossen gerne hierzubleiben, nicht mehr in unser dunkles Zeitalter mit seinen von den Mächtigen manipulierten Leben, was kein Leben war, zurück zu müssen. Wir wollten unser Leben in Selbstbestimmung verbringen und nicht nur als Arbeitstiere fungieren, um die Gier mancher menschlicher Hüllen zu befriedigen, die weder Seele noch Herz innehatten.

Unbeschadet und frohen Mutes erreichten wir die Innenstadt. Im Grunde war alles wie zu unserer Zeit. Leben in den Städten, Verkaufsstände in den Fußgängerzonen, volle Warenhäuser und überall dazwischen Straßenkünstler.

Lediglich der Zeitgeist war ein anderer und erlaubte sehr viel mehr. Die Menschen hetzten nicht, sie bummelten. Sie hatten Zeit füreinander, für ein Gespräch, für einen Caffébesuch. Die Innenstadt wurde auch hier nur als Geschäftsbereich, nicht aber als Wohnbereich genutzt.

Die Häuser waren bunt und so mancher Graffitimaler hatte sich hier im Auftrag ausgelassen. Der Unterschied zu unserer Zeit bestand nur darin, dass die Motive sehr viel sanfter, nicht so metallisch und duster und keine Protestparolen waren. Hier war mit guten fröhlichen Gedanken gesprüht und gemalt worden.

Diese Sprüher/Maler waren gefragt und ihre Werke als Kunst anerkannt. Sie nahmen den Städten das Asphaltgrau und ließen die Menschen in wunderschöne Traumwelten eintauchen. Die Häuser, egal wie klein, wie groß oder wie hoch sie waren, sie bekamen alle einen für das Auge wohltuenden Farbmantel umgelegt. Oft erzählten sie eine Geschichte, die sich durch eine ganze Straße zog.

Kunst und Kreativität wurden in der Neuzeit hochgeschätzt, weil es die Seele berührte. Die Eiseskälte unserer Zeit war einer wohltuenden Wärme gewichen. Das Misstrauen untereinander in Vertrauen gewandelt. Das war wirkliches Leben.

Für viel Grün war nicht nur in den Strassen gesorgt, sondern auch hier ließen begrünte Dachterrassen mit Blick über Frankfurts Skyline die Seele auch inmitten einer Großstadt baumeln. Damit gaben sie so manchem Arbeiter in seinen Pausen Entspannung.

Auch wir nahmen uns auf solch einer Dachterrasse eine kleine Auszeit von all den neuen Eindrücken.

Waren wir seinerzeit aus der Großstadt aufs Land geflüchtet, weil wir die Hetze, den Lug und Trug, die Profitgier, das Gerenne der Menschen nach Anerkennung und das Misstrauen untereinander nicht mehr ertragen konnten, so konnten wir Frankfurt jetzt als angenehm funktionierende Großstadt wahrnehmen.

Es gab keine Obdachlosen, keine Alkohol- oder Drogenabhängigen, die auf den Straßen herumlagen und jämmerlich vor aller Augen am System zugrunde gingen. Wir sahen keine Diebesbanden, keine Bettler – wir sahen nur lebensfröhliche Menschen.

Natürlich interessierte uns, wie dieser Umschwung und diese Ordnung entstanden waren und wie das in den Griff bekommen werden konnte.

Ein Historiker, mit dem wir für den nächsten Tag verabredet waren, gab Auskunft und die war ganz simpel.

Nachdem den Menschen wieder Zeit gelassen wurde, indem die Arbeitszeiten dem Mensch angepasst worden waren, dies dennoch zu einem akzeptablen Gehalt, kamen sie wieder zum Denken und damit auch wieder zum Fühlen. Sie konnten sich jetzt selbst wahrnehmen und ihren Mitmenschen dadurch auf Augenhöhe begegnen.

Mitgefühl war wieder spürbar und brachte die Erkenntnis, dass den Menschen, die ihr Leben nicht in den Griff bekamen, lebensnotwendige Bedürfnisse versagt geblieben waren. Dies meist durch eine unschöne Kindheit. Auf Grund dessen kamen sie nicht zur Ruhe und konnten deshalb den Anforderungen der Gesellschaft nicht standhalten. Das hieß für die Bevölkerung, dass sie sich verantwortlich für ihren Mitmensch fühlten und ihm jede erdenkliche Hilfe zukommen lassen wollte.

Dass dies nicht damit getan war, ihm Wohnung und Arbeit zu besorgen, das hatte man in der heranziehenden Neuzeit begriffen. Dass auch Therapieeinrichtungen, um ihn dort zu traktieren, indem man ihm sein Elend aufzeigte und ihm selber die Schuld dafür zuschob nicht funktionierten, wusste man jetzt auch.

Deshalb ließ man ihnen Zeit. Versorgte sie bedingungslos mit allem was sie brauchten und begegnete ihnen mit Zuneigung und Anstand. Dadurch konnte sich der Selbstwert dieser Menschen, der in der Regel vom Elternhaus und der Gesellschaft an der Entwicklung behindert worden war, ganz langsam entwickeln.

Das Verantwortungsabweisende - *sie wollen ja nicht* - hatte sich in - *sie können nicht* - gewandelt. Deshalb wurde keinerlei Druck ausgeübt. Und weil auch Eltern wieder Zeit für ihre Kinder hatten und Zeit ihnen Liebe zu geben, verschwanden nach und nach die getriebenen, schwer belasteten Menschen, die traumatisiert oft lebenslang fürchterliche Erlebnisse mit sich herumschleppten. Nur durch die Hilfe, die Achtung und das Verständnis ihrer Mitmenschen schafften sie es ins Leben einzusteigen.

Nicht, wie in unserer Zeit immer behauptet, ruhten sich diese Menschen auf der Gutmütigkeit ihrer Mitmenschen aus. Auch wenn viele krank durch ihre traumatischen Erlebnisse waren, so bemühte sich jetzt doch jeder der Gesellschaft etwas zurück zu geben.

Der Mensch ist nicht zum faulenzen geboren. Er braucht das Gefühl etwas geleistet zu haben. Er braucht die Anerkennung seiner Mitmenschen für sich und seine Leistung. Nur so kann er sich *w e r t* fühlen.

Ein Mensch der immer nur zur Seite geschoben oder gar verlacht wird, dem nie zugehört wird, der wird seinen Wert nie erkennen. Das macht ihn lebensunfähig und manchmal auch aggressiv und böse, was eine enorm große und nicht mehr zu bewältigende Traurigkeit ist.

Das schafft Amokläufer, Terroristen, Gewalttäter und Perverse. Und manches Mal auch Kranke (Drogen- und Alkoholabhängige), die still ihr Leid erdulden, es in die Öffentlichkeit tragen oder sich das Leben, welches keines ist, nehmen. Sie alle sind Systemopfer, für die niemand die Verantwortung übernehmen will und denen, von der Gesellschaft, die alleinige Schuld zugeschoben wird.

Dies alles war erkannt worden und schaffte die Liebe zu den Menschen, die wir hier immer wieder spürten.

10. Kapitel

# Justiz – das Machtsystem

Wir erfuhren von dem Historiker auch, dass aus diesem Grund die Gefängnisse mit der Zeit abgeschafft worden waren.

Man hatte erkannt, dass diese Anstalten nicht der Besserung nicht gesellschaftskonformer Menschen dienten, sondern lediglich den Machtanspruch vieler selbsternannter Gesetzestreuer, die sie selber nicht waren, deckte.

Diese hatten jetzt, durch Richterspruch das Werkzeug in der Hand, die ihnen Unterstellten zu traktieren, zu demütigen und massiv zu foltern. Wobei Folter nicht immer nur sichtbare körperliche Züchtigung ist. Dennoch wirkt sich seelische Folter auch immer auf den Körper aus.

Viele Menschen unterlagen dem Richterspruch nur aus dem einen Grund, dass der Richter möglichst viele abgeschlossene Fälle vorweisen konnte. Das erhob ihn zum Star-Richter oder Star-Staatsanwalt der geachtet wurde, wenn auch oft nur aus Angst vor dieser Autorität.

Dadurch wurden unzählige Menschenleben zerstört und Lebensunfähige geschaffen. Man vermutete in unserer Zeit, dass mindestens 40% der Verurteilten einem Fehlurteil dieser Kapazitäten zum Opfer gefallen waren. Seine Unschuld zu beweisen war nur mit viel Geld und der Öffentlichkeit möglich. Dies blieb den meisten verwehrt, weil sie nicht über die dafür notwendigen Mittel verfügten. Sie mussten die Strafe für nicht begangene Taten absitzen.

Rechtsanwälte, Staatsanwälte und Richter machten oft gemeinsame Sachen. Sie ließen sich in Absprache die Fälle zukommen, die dann über Schuld oder Nichtschuld entschieden. Der Grund für solch eine Kungelei diente dem eigenen Ansehen und der Statistikschönung und endete letztendlich als Volksverarschung.

War vom Gesetz her in Augenwischerei die Möglichkeit des Widerspruchs und der Revision gegeben, ging man durch drei Instanzen – Amtsgericht, Landgericht, Oberlandesgericht - mit immer neuer Hoffnung auf Gerechtigkeit.

Dieser Vorgang zog sich oft über Jahre hin. Jahre der Hoffnung und der Unsicherheit, um am Ende mit der einzigen Gewissheit, dass dieses „Rechts"-Pack sich gegenseitig deckte, kapitulieren zu müssen.

Es gab keine Hilfe für derartige Fälle – keine Hilfe für den zu Unrecht beschuldigten Bürger. Dem wurden am Ende auch noch die Gerichtskosten aufgebürdet.

Was das in den betroffenen Menschen auslöste, kann sich jeder vorstellen. Es betraf ja nicht nur den zu Unrecht verurteilten, es betraf auch seine Familie, seine Freunde und vor allem seine Kinder. Oft zerbrachen die Familien daran und das soziale Gefüge ging verloren. Am Ende des Weges stand dieser Mensch einsam und allein, mit gebrochenem Herzen und mit Misstrauen gegen die Rechtssprechung des Landes und deren dafür verantwortlichen Menschen vor den Mauern der Haftanstalt in der er, wie oben schon beschrieben, in all der Zeit seiner Menschenwürde beraubt wurde.

Der Historiker erzählte weiter:
Ein zu lebenslang wegen Mordes Verurteilter, durfte während seiner Haft nicht weiter seine Unschuld beteuern. Dies wurde als „nicht einsichtig" gewertet und er als Tatleugner für immer in den Akten geführt.
Er wurde durch Therapieprogramme geschleust, in denen seine „Gewaltbereitschaft" umgeschult werden sollte und in denen er seine „Tat" aufarbeiten musste. So wurde er in mehreren Jahren auf ein Mörderdasein und in Anti-Alkoholiker-Gruppen zum Alkoholiker programmiert, obwohl er nie Alkoholiker war. Dazu musste er vor jeder Sitzung sagen: „Ich bin der und der und bin Alkoholiker." Dies wurde prophylaktisch durchgezogen. Nahm er diese „Angebote" nicht an und behauptete weiter er sei unschuldig oder gar kein Alkoholiker, bekam er keine Lockerungen wie Ausgang oder Urlaub und er wurde nicht entlassen. Für solche Fälle stand dann die lebenslange Sicherheitsverwahrung auf dem Justizprogramm. Mit solchen korrupten Methoden wurde er mundtot gemacht. Aber, die Würde des Menschen ist unantastbar, so steht es im Gesetz, aber auch bei Gerichten und Strafanstalten.

Der Historiker erzählte aber auch:
Ein Wandel hätte ab dem 21. Jahrhundert stattgefunden. Grob, von den damaligen Menschen vermutet,

hatte dies mit dem Ende des Mayakalenders zu tun. Was zunächst als Weltuntergang vermutet wurde, stellte sich als Wandel heraus.

Plötzlich kamen all die Schweinereien von Machthabern, sei es aus der Politik, von Staatsbediensteten, den Behörden, den Ämtern, von Konzernen und letztendlich auch von den Religionen heraus.

Das Volk ließ sich nicht mehr demütig verschaukeln. Sie erwachten allmählich. Und dies geschah auf der ganzen Welt. Große Völkerwanderungen setzten ein, um einen Platz zu finden, der Freiheit und Selbstbestimmung ermöglichte.

Doch mit der Zeit mussten die Menschen einsehen, dass es diesen Platz nicht gab. Überall in der Welt stieß man auf Machtstrukturen, von denen bedingungslose Untergebenheit von der Bevölkerung gefordert wurde. Ein Hinterfragen der Praktiken von den Mächtigen wurde geahndet. In manchen Ländern mit der Todesstrafe, der Folter oder sonstigen Grausamkeiten. In den „zivilen, demokratischen" Ländern wurde dies, wie oben beschrieben, über korrupte Methoden der dazu abgestellten, gutbezahlten Machtausüber, den Staatbediensteten und den Verwaltungsangestellten gehändelt. Die wurden über Steuergelder, die sie dem Volk abgeknöpft hatten, fürstlich für ihre Sauereien bezahlt.

Zwar konnte das Volk die Herrscher wählen, hatte aber keine echte Chance außer der, das kleinere Übel zu wählen. Die Politiker logen, dass sich die Balken bogen und scheffelten nur in den eigenen Säckel. Gehalten haben sie das, was sie dem Volk versprochen hatten, nie.

Auch der Dreck, der verschieden Religionsgemein-schaften und deren abartigste Gepflogenheiten ka-men ans Licht. Die von Pfaffen missbrauchten Kinder erhoben jetzt ihre Stimme. Getötete Babys wurden hinter Klostermauern gefunden und Massengräber in Kinderheimgärten ausgegraben. Viele von Pfaffen gezeugte Kinder mussten ohne Vater aufwachsen, weil die feige Wanze sich hinter dem Zölibat ver-steckte.

Immer wieder wurden in vergangenen Zeitaltern Kriege im Namen der Religionen geführt. Wobei Mil-lionen von Menschen dabei zu Krüppeln gemacht und zu Tode gebracht wurden.

Ein imaginärer Gott war geschaffen worden, dem man jede Gräueltat zuschieben konnte. Da hieß es: *Gott prüft die Seinen* oder *wen Gott am meisten züchtigt, den liebt er auch am meisten.* Dies galt der Demut des Volkes, denn in Demut erträgt man die „Liebe" Got-tes und das Leid besser und vor allem stiller. Man wurde nicht aufmüpfig.

Dieser Gott musste auch dafür herhalten, dass Na-turvölker ausgerottet und Kulturen zerstört wurden. Hexenverbrennungen stattfanden und im Namen Gottes und der Religionen Menschen hingemetzelt wurden. Frauen in Unterdrückung ihr Leben fristen mussten und Tiere bestialisch gequält und getötet wurden.

In Wirklichkeit ging es immer nur um Macht und Betrug. Da wurden ganze Länder ausgebeutet, ihrer Bodenschätze beraubt und man wunderte sich dann über den entstandenen Terrorismus.

Und wer seinen Müll in anderen Ländern entsorgt, der ist nicht wert, dass die Erde ihn trägt.

So wurden nach vielen Länder- und Bürgerkriegen letztendlich die Regierungen und die Religionen abgeschafft. Der Mob wehrte sich zwar heftig, es gab viele Tote, aber erlag letztendlich doch.

Eine Kassiererin, die nicht richtig kassiert, wird entlassen.

Ein Lehrer, der nicht richtig lehrt, wird entlassen.

Eine Regierung, die nicht richtig regiert, muss abgeschafft werden.

Und eine Religion, die in Scheinheiligkeit ausgeübt wird, gehört weg.

In der Neuzeit steht jedem frei, an das zu glauben, was sein Bewusstseinszustand zulässt. Auch bei Ritualen für das eigene Seelenheil, dem Heil aller Wesen und der ganzen Erde, gibt es keine Norm. Individualität des Einzelnen, Vielfalt in der Menschenfamilie ist hochgeschätzt und wird nicht mit Verboten begrenzt. Triftet eine Gemeinschaft mal ab, was selten vorkommt, da sich das ganze Bewusstsein geändert hat, gibt es Aufklärung und sanfte Führung.

Denn:

Es gibt nur eine Religion - die Religion der Liebe,
Es gibt nur eine Kaste - die Kaste der Menschheit,
Es gibt nur eine Sprache - die Sprache des Herzens,
Es gibt nur einen Gott - er ist allgegenwärtig.

*Sri Sathya Sai Baba*

## 11. Kapitel

# Einheit aller Religionen

Religion ist eine Glaubenslehre, die in allen Ländern der Erde ihren Platz gefunden hat. Sie beinhaltet all die Fragen oder auch nicht, die sich fast jeder Mensch im Laufe seines Lebens stellt: Wo komme ich her, was passiert mit mir wenn ich sterbe, gibt es ein Leben nach dem Tod, hat Leben irgendeinen Sinn, was ist Recht, was ist Unrecht usw.?

Die Antworten der Religionen sind oft unterschiedlich. Das ist abhängig von Kultur, Erziehung und der Art der Lehre, die oft von Herrschern und Regenten für eigene Zwecke ins Leben gerufen und unters Volk gebracht wurde und noch immer wird.

Um das Volk demütig zu halten, reden die Religionen den Menschen das ewige Sündertum ein - *wen Gott liebt, den züchtigt er* – oder er *prüft* den Mensch und sie erdreisten sich sogar, nach Gutdünken die Sünden zu vergeben.

Man verbindet Religion aber auch mit eingeredetem Trost, Halt und Verbundenheit. Der Gedanke, dabei auch Hilfe in Nöten zu finden, lässt Leid erträglicher erscheinen.

Zwar kommt, außer vielleicht mit scheinheiligen Gebeten die Hilfe nicht von den Religionsbetreibern, die verweisen den Hilfesuchenden lediglich an den imaginären Gott. Auf diese Weise können sie sicher sein, dass sie nicht selber Hilfe leisten müssen, sondern von dieser „höchsten, imaginären Instanz" vertreten werden.

Was aber nützt einem Hungernden ein Gebet, wenn er was zu essen braucht? Ein Gebet wärmt ihn auch nicht, wenn er friert.

Wenn von Religion die Rede ist, kommt man nicht umhin, die immerwährenden Religionskriege zu erwähnen, die immer mit Macht- und Besitzansprüchen begangen wurden und noch immer werden.

Und es gerät auch nicht in Vergessenheit, dass die Hexenverbrennungen brutale religiöse Vernichtungsrituale waren und damit nicht nur Menschen, sondern auch viel Heilwissen vernichtet wurde. Und das sich dabei auch angemaßt wurde, die Reinigung der Seele zu bewirken.

Die Vernichtung indigener Völker, wie der Indianer, der Aborigines, Maoris und massenhaft anderer Naturvölker, geht auf das Konto von Religionen. Was nicht zu töten war, wurde von Missionaren zwangsmissioniert.

Dazu sagte Desmond Mpilo Tutu, ein südafrikanischer Menschenrechtler:

*Als die ersten Missionare nach Afrika kamen, besaßen sie die Bibel und wir das Land. Sie forderten uns auf zu beten. Und wir schlossen die Augen. Als wir sie wieder öffneten, war die Lage genau umgekehrt: Wir hatten die Bibel und sie das Land.*

Dies gilt auch für all die anderen Völker, deren Land sie mit scheinheiliger Gewalt im Namen Gottes missbraucht, besetzt und geplündert haben.

Viele Kinderseelen und deren Körper wurden *Im Namen des Herrn* missbraucht und gequält. Und wie oben schon erwähnt, wurden viele Neugeborenenkörper vergraben hinter keuschen Klostermauern gefunden.

Gab es lange Zeit Doppelmoral, so herrscht heute auf der ganzen Erde der moralische Komplettausfall.

Religion, in der uns eingeredeten Form des helfenden, bestimmenden, prüfenden oder gar strafenden Gottes, der auch mal seinen Zorn über die Menschheit ergießt und dem man alle Schuld zuschieben kann, gibt es in diesem neuen Zeitalter nicht mehr.

Die Menschheit hat sich über ein weitaus größeres Blickfeld hinausbewegt, indem ihnen klar geworden ist, dass nicht Gott den Mensch erschaffen hat, sondern der Mensch Gott nach seinem Bilde schuf, um sich in seinem Namen zu bereichern und die Menschen, die Tiere und die Natur für sein eigenes schändliches Tun zu missbrauchen.

Dafür wurde der Bibelvers geprägt: *Ihr sollt euch die Erde untertan machen und herrschen über das Vieh, über die Vögel unter dem Himmel, über die Fische im Meer und über alles Getier.*

Vom Ausschlachten und Verspeisen hat er (will man Gott als Person sehen) nichts gesagt. Herrschertum aber ist mit Gewalt belastet und hat nichts mit allumfassender Liebe zu tun, die der personifizierte Gott ja in seinem „Hauptberuf" sein soll. Mit solch einem Bibelvers hat sich der Mensch ganz geschickt ein Alibi gegen die allumfassende Liebe verschafft und den Weg zur Ausbeutung freigemacht und für sich gerechtfertigt.

Die Menschen der neuen Zeit sehen Gott nicht als personifizierte und menschenähnliche Gestalt, sondern Gott stellt eine Energie dar, die sich in allem offenbart. In allen Wesen, allen Pflanzen, allen Dingen und in allem Tun wird diese alles durchdringende Kraft erkannt. Sie ist weder negativ noch positiv – sie ist.

Dies hat zur Folge, dass der Mensch sich nicht mehr als Krone der Schöpfung wahrnimmt, der in seiner Überheblichkeit über allem steht und sich der Natur, den Tieren und der ganzen Welt bemächtigen und sie, wie in der Bibel beschrieben, *untertan* machen darf.

Jedem und allem wird der gleiche Wert beigemessen. Das hat dazu geführt, dass alles und jeder mit großer Achtung behandelt wird. Es gibt keine Bewertung über richtig oder falsch, weil Bewertung Unwissenheit des großen Ganzen ist.

Beispiel aus unserer Zeit mit all seinen Bewertungen:

Wir gehen durch eine Großstadt und was wir hier sehen ist nicht nur Luxus und Überfluss, sondern in den Strassen und Ecken auch Straßenkinder, Alkohol- und Drogenabhängige und Obdachlose. Da wollen wir gar nicht hinsehen, weil es uns unangenehm ist oder gar ekelt. Wir ekeln uns vor unseren Mitmenschen und bewerten.

Die einen sagen *der Dreck muss weg,* andere meinen *die sind selber schuld an ihrer Misere.* Und auch *Faulenzer* oder *Pack* sind nicht die einzigen Titel die viele aussprechen oder denken, doch anderen tun diese Menschen vielleicht leid.

Was immer einer sagt oder denkt, er hat keine Ahnung, sieht nicht das ganze Bild, sondern nur einen kleinen Ausschnitt davon. Aber er hat ein Urteil, er bewertet.

Wir wissen nichts über die Lebensgeschichte dieser Menschen und wir erkennen auch nicht, dass diese Menschen ein Mahnmal für ein nicht intaktes Gesellschaftssystem sind. Und was wir auch nicht wissen ist, mit welchem Programm sie auf die Erde gekommen sind.

Vielleicht haben sie sich geopfert, um die Menschheit frühzeitig zu warnen, dass sie, vor allem die Regierenden mit ihrem Einfluss, auf dem falschen Weg sind. Das hätte große Achtung und Dankbarkeit verdient und nicht Beschimpfung und Ekel.

Dazu muss man wissen, dass nach unserem vorangegangenen Leben, im Übergang in die geistige Welt, unser gesamtes Leben wie ein Film vor uns abläuft. Jetzt sehen wir das ganze Bild unseres Lebens und erkennen, wie wir uns benommen haben. Was wir Gutes getan, aber auch wo wir Verletzung hinterlassen haben. Danach, und mit Hilfe hochentwickelter Geistwesen und unseren Geistführern, ist uns eine Eigenbewertung möglich und wir fällen selbst die Entscheidung für unser nächstes Leben. Da sitzt kein Gott-Richter, der am Richtertisch über Himmel oder Hölle entscheidet. Das tun wir selber

113

und suchen uns nach einer Ruhe– und Erholungspause Kultur und Eltern, die dem entsprechen was wir lernen müssen und auch lernen wollen.

So sitzt du vielleicht im nächsten Leben als Obdachloser selber auf der Strasse, vielleicht aber auch in einer Legebatterie als gequältes Tierchen. Oder du wirst dein Leben als Behinderter verbringen, um zu fühlen wie weh Urteile tun oder gar Späße, die über dich und dein Leid gemacht werden. Jetzt fühlst du den Schmerz selber und lernst daraus. Alles ist Ursache und Wirkung.

Eine Apachenweisheit hierzu besagt:
*Großer Geist, bewahre mich davor über einen Menschen zu urteilen, bevor ich nicht eine Meile in seinen Mokassins gelaufen bin.*

Die Menschen der Neuzeit hatten sich allmählich von den bestehenden Religionen distanziert. Sie beinhalteten zuviel Bestimmung, zuviel Unglaubwürdigkeit, zuviel Schmutz in den Handlungen der „Gläubigen“, zuviel Gewalt und zuviel Zwang. Aber zu wenig Glaubwürdigkeit, zu wenig Toleranz, zu wenig Mitgefühl, zu wenig Liebe.

Sie hatten sich über die Fremdbestimmung hinausbewegt und die Grenzen des engen Denkens gesprengt.

Ihre nicht vorgeschriebenen, sondern gelebten Gebote sind folgende:

# Die 16 Lebensgebote

Fälle keine Urteile über andere - du kennst weder ihre Geschichte, noch ihr Lebensprogramm.

Verschaffe dir niemals Vorteile, indem du andere hintergehst und schädigst.

Neide keinem sein Talent, sein Können, seinen Besitz oder seinen Erfolg, sondern freue dich mit ihm.

Drück dich nicht davor zum Gemeinwohl beizutragen - tu das, was du tun kannst mit Liebe.

Füge niemandem Verletzungen zu – weder der Erde, noch den auf oder in ihr lebenden Wesen.

Behandle die Pflanzen mit Respekt – sie stellen sich dir als Nahrung, Heilmittel und als Werkstoffe zur Verfügung.

Behandle auch die Tiere mit Achtung, gib ihnen Lebensraum und quäle sie nicht. Sie gehören auch in diese Welt.

Für jede Hilfe die du bekommst, zeige dich dankbar und achte auf eine Gelegenheit, dich zu revanchieren.

Behandle auch dich mit Achtung – pflege deinen Körper, deine Seele und deinen Geist.

Halte dein Haus, deine Wohnung und seine Umgebung rein – denn wie es da aussieht, so sieht auch dein Innerstes aus.

Sei dir immer deiner Verantwortung bewusst – denn jeder ist für jeden verantwortlich.

Sei immer zuverlässig, denn Unzuverlässigkeit schadet anderen und verbreitet Unsicherheit.

Sei immer pünktlich, denn Unpünktlichkeit stielt anderen ihre Lebenszeit.

Verbreite Liebe und sende gute Gedanken um die Welt – es wird dort ankommen, wo es gebraucht wird.

Achte darauf, dass Gedanken, Wort und Tat übereinstimmen – nur so bist du glaubwürdig

*Und das Wichtigste:*

**Erkenne in der Vielfalt die Einheit – nur so kann Frieden sein!**

ॐ ॐ ॐ ॐ

Religion, in Form des vergangenen Zeitalters, mit all seiner Enge, seiner Angstmacherei und seiner Gewalt gibt es nicht mehr. Und es gibt auch keinen Papst mehr.
Was geblieben ist, sind Gebete und die verschiedenartigsten Rituale. Dies dient dazu, sich im Lebens-

rhythmus Zeit für Spiritualität zu geben. Spiritualität ist Geistigkeit. Sie gehört wie Essen und Trinken zum Leben. Die Menschen der Neuzeit sind dadurch, dass sie mehr Zeit für sich haben, sehr viel wacher geworden und verlorengegangene Instinkte sind wieder zum Vorschein gekommen.

Es ist nicht falsch traditionelle Rituale beizubehalten und auszuführen, solange sie der inneren Suche dienen und die Ruhe dazu herstellen. Auch Gebete und Gott-Verehrung sind hilfreiche Rituale auf dem Weg seine innere Spiritualität zu finden. Welche Form auch immer einer wählt, ist dabei nicht maßgebend. Denn es wird nur solange ein wichtiger Bestandteil sein, bis sich der Suchende darüber hinaus entwickelt und von der äußeren zur inneren Spiritualität gefunden hat. Erst da wird er feststellen, dass er in all seinen Leben immer nur auf der Suche nach seiner eigenen Göttlichkeit gewesen war und sie immer nur im Außen gesucht hat.

Dazu sagt Sai Baba: *Ich bin Gott und du bist Gott, es gibt nur einen Unterschied – ich weiß es, doch du weißt es nicht.*

Es gibt verschiedene Bewusstseinsstufen, daher auch verschiedene Arten seine eigene innere Göttlichkeit zu finden. Dazu sind oft Bilder, Gegenstände und Rituale wichtig.

Das ist sehr schön in der indischen Götterwelt zu sehen. Mannigfaltige „Götter" und „Göttinnen" stehen für bestimmte Eigenschaften, wie zum Beispiel:

| | | |
|---|---|---|
| Vishnu | – | der Erhalter, des Schutzes und der Ernährung. |
| Durga | – | die gütige Mutter des Universums, die Zerstörerin des Bösen. |
| Lakshmi | – | die Göttin des Wohlstands. |
| Ganesha | – | er räumt die Hindernisse aus dem Weg. |
| Saraswati | – | sie steht für Weisheit und Erkenntnis. |

Und viele andere mehr

Es sind nicht verschiedene Götter, wie wir Unwissenden der Industrieländer das lächelnd beurteilen. Es sind verschiedene Aspekte des unvergänglichen Absoluten. Es sind Teile der Göttlichkeit, die je nach Situation zur Hilfe genommen werden.

Es ist nicht falsch seine eigene Göttlichkeit mit Hilfe von Bildern oder der verschiedenen Aspekte zu finden und es ist auch nicht falsch mit Ritualen und Mantras (immer wiederkehrende Formeln) seine eigene Göttlichkeit zu entdecken.

Doch es ist falsch, andere für die Form ihrer Suche zu belächeln und zu verurteilen. Hier tritt wieder das Wichtigste für den Frieden in der Welt und dem Glücklichsein aller Lebewesen ein:

*In der Vielfalt die Einheit erkennen!*

Dies wurde in der Neuzeit erkannt. Deshalb gibt es auch keine Religionen, die vehement behaupten, sie seien die Alleinseligmachenden und alle anderen wären auf dem falschen Weg. Es wird auch kein Gott mehr für menschenverachtende widerliche

118

Spiele der Habsucht, der Macht und der Wut herangezogen.

Jetzt galt:

# Einheit aller Religionen

die sich in der Akzeptanz der verschiedenartigen Ausübungen zeigt. Wie schön, sich das aussuchen zu können was zu seinem momentanen Bewusstseinszustand passt, was man verstehen kann und nicht nur glauben muss und was einen deshalb auf den Weg zu sich selber, zu seiner eigenen Göttlichkeit führt.

Wie schön, dass es in der Neuzeit keinen Gott mehr gibt, der die Menschen mit einer Sintflut vernichtet, weil sie nicht nach seinen Geboten gelebt haben. Der Menschen Prüfungen unterzieht, um ihre Hörigkeit zu testen. Der die Menschen aus dem Paradies vertreibt, weil sie seine Anordnungen nicht befolgt haben. Paradies ist nun mal nicht zwangsläufig ein Ort, sondern ein Zustand. Und der den Auftrag gibt, alle Nicht- und Andersgläubigen zu vernichten.

Wer das glaubt, der hat allumfassende Liebe nicht verstanden. Der hat aus Gott, aus der Göttlichkeit einen Mensch mit all seinen menschlichen Schwächen und Widerwärtigkeiten geformt, mit all seiner Wut bei Nichtbeachtung und mit all seinen Machtansprüchen. Der hat auch einen Gott geschaffen, der eine Hölle in petto hat, um die ungehorsamen Menschen, die seinen Anordnungen nicht Folge geleistet haben, darin brutzeln zu lassen.

Dies alles hört sich doch sehr menschlich unvollkommen an und hat nichts mit dem zu tun, für was

Gott steht, nämlich für die Energie der allumfassenden Liebe.

Es sind alles menschliche Irrungen und Wirrungen mit denen wir unseren Mitmenschen, den Tieren und der ganzen Erde Leid zufügen. Die Berechtigung dafür holen wir uns von dem eigens für diesen Zweck von uns selbst erfundenen Gott. Dabei fühlen wir uns großartig, weil wir in seinem Namen gehandelt haben und die Schuld dafür an ihn abschieben können.

Mit solch einem Denken haben wir uns schon in diesem Leben unsere eigene Hölle geschaffen, in der wir zeitlebens sitzen und brutzeln. Damit sind wir noch sehr weit von der Wahrheit entfernt.

Solange wir Menschen uns weiter einen personifizierten Gott vorstellen, werden wir immer getrennt von der Essenz Göttlichkeit sein. Hier ist Gott und hier bin ich. Entdecken wir aber unsere eigene Göttlichkeit, erst dann wird eine Einheit daraus.

12. Kapitel

# Der Tod – das Leben nach dem Leben

Auch zum Tod hat sich ein anderes Bewusstsein entwickelt. Wollte den Tod in der vergangenen Zeit kaum einer akzeptieren, sah das jetzt anders aus.

Die Menschen der vergangenen Epoche waren in ihrer Überheblichkeit nicht gewillt an das Unvermeidliche zu glauben. **Sie** hatten doch alles in der Hand – dachten sie. Und sie hatten Angst.

Deshalb wurden viele Sterbende von ihren Angehörigen mit Medikamenten und an Schläuchen künstlich am Leben erhalten. Die Pharmaindustrie freute sich und viele vom Krankenhauspersonals schüttelten die Köpfe über soviel Unsinn und unnötige Qual.

Wie die Geburt, ist auch das Sterben ein natürlicher Vorgang. Die Geburt ist der Beginn des Lebens in einem Materiekörper, welches in der Regel schreiend begonnen wird. Der Tod ist das Ende eines Lebens in einem Materiekörpers, welches, wenn der Tod auf natürlichem Wege kommt, mit einem Lächeln beendet wird. Darüber sollte man nachdenken.

*Bei der Geburt ein Schrei,*
*beim Sterben ein Lächeln,*
*dazwischen das,*
*was das Leben einem zugedacht hat.*

Die Individualität bleibt bestehen und setzt sich jetzt in einem Geistkörper fort, der ohne Krankheit, Gebrechen, Schmerz und Behinderung ist. Das ist doch wundervoll und ist ein Grund zur Freude! Trauer gilt deshalb nur dem eigenen Verlust. Viele Völker feiern diesen Tag in Erinnerung an den Verstorbenen und dem Wissen, dass es ihm jetzt gut geht. Und alle wissen – wir sehen uns wieder.

Dazu eine kleine indische Geschichte:
Ein Schüler kommt zu seinem Meister und fragt: *Meister, ist es richtig, dass wir all unsere Lieben in der anderen Welt wieder sehen werden?* Der Meister antwortet: *Ja, mein Freund, das stimmt – aber auch all die anderen!*

🦋🦋🦋

Folgend ein Bericht von Andrew Jackson Davis, mit Genehmigung aus dem Buch *Abschied ohne Wiederkehr* von Rudolf Passian entnommen. Dafür sage ich herzlichen Dank.

Der Sterbevorgang:

Der hellsichtige Amerikaner Andrew Jackson Davis war einmal am Sterbebett einer älteren Frau anwesend und hat detailliert den Ablösevorgang des Seelenkörpers aus dem physischen Körper beschrieben:

»Ich sah, dass der körperliche Organismus nicht länger die verschiedenartigen Anforderungen des geistigen Prinzips erfüllen konnte. Aber die Organe des Körpers schienen sich der Entfernung der lebenspendenden Seele widersetzen zu wollen. Das Muskelsystem kämpfte darum, die Fähigkeit, sich bewegen zu können zu behalten. Das Nervensystem bemühte sich, das Gefühl zu bewahren, und das Gehirn strengte sich an, die Intelligenz oder das Bewusstsein festzuhalten. Der Körper und die Seele glichen zwei Freunden, die fühlen, dass sie nun für immer scheiden mussten.

Diese inneren Streitigkeiten zeigten sich den äußeren Sinnen als qualvolles Leiden. Aber ich bin dankbar und glücklich, erfahren zu haben, dass diese Erscheinung kein Zeichen von Schmerz oder Unglück war, sondern nur daher kam, dass der Geist im Begriff stand, die irdische Kleidung für immer abzulegen.

Nun wurde der Kopf in eine schöne, mild leuchtende Atmosphäre eingehüllt und gleichzeitig sah ich das große und das kleine Gehirn ihre innersten Teile erweitern. Ich sah sie, die für sie eigenen (typischen) galvanischen Funktionen abbrechen und später merkte ich, dass sie sich an der Lebenselektrizität und dem Lebensmagnetismus - die untergeordneten Organen gehören - sättigten. Das Gehirn zeigte sich plötzlich zehnmal mehr positiv magnetisch, als es im gesunden Zustand je gewesen war. Dieses Phänomen geht in der Regel der physischen Auflösung voraus.

Nun hatte der Sterbeprozess angefangen. Das Gehirn zog nach und nach die lebenspendenden Fluide aus den übrigen Teilen des Körpers an sich, und in demselben Grad, wie die Extremitäten des Organismus dunkel und kalt wurden, erschien das Gehirn hell und strahlend. Ich sah in der milden geistigen Atmosphäre, die vom Kopf der Sterbenden ausging, wie die unbestimmten Außenlinien eines anderen Kopfes gebildet wurden, wie er sich nach und nach entwickelte und endlich so kompakt und strahlend wurde, dass ich länger weder durchsehen noch ihn so unverwandt ansehen konnte, wie ich gern mochte. Während dieser Kopf über dem materiellen Kopf gebildet und organisiert wurde, sah ich, wie die aus dem Kopf strömende leuchtende Atmosphäre in lebhafter Bewegung war. (Bewegung der Fluide). Aber während der neue Kopf deutlicher und vollkommener wurde, verschwand nach und nach die leuchtende Atmosphäre.

Auf dieselbe Weise, wie der geistige Kopf gebildet und organisiert wurde, sah ich später, wie der Nacken, die Schulter, die Brust, ja der ganze menschliche Organismus sich nach und nach harmonisch entwickelte. Ich fühlte auch, dass es seelische Eigenschaften waren, die sich entwickelten und den neuen Organismus vollendeten. Die physischen Gebrechlichkeiten, die dem sterbenden Körper anhafteten, waren in dem neuen geistigen Körper fast vollständig entfernt.

Während dieser Geistkörper sich - meiner inneren Beobachtungsfähigkeit vollständig sichtbar - entwickelte, äußerte der materielle Körper vielerlei Symptome von Schmerzen vor den Anwesenden. Diese Anzeichen waren indessen ganz trügerisch, sie wurden nur durch die Entfernung der Lebenskraft von den Gliedern nach dem Gehirn und danach durch ihre Ausströmung vom Gehirn in den neuen Organismus verursacht. Nun richtete sich der Geistkörper in aufrechter Haltung über dem Kopf des abgelegten Körpers empor. Aber unmittelbar vor der endgültigen Auflösung des Bandes, das so viele Jahre diese beiden Körper miteinander verbunden hatte, sah ich etwas sehr Eigentümliches: einen Lichtstrom in starker Bewegung zwischen dem Kopf des ausgestreckten physischen Körpers und den Füßen des aufrecht stehenden geistigen Körpers.

Alles dieses lehrte mich, dass das, was allgemein Tod genannt wird, nur eine Geburt des Geistes zu neuem Leben auf einer höheren Daseinsebene ist. Ja, die Übereinstimmung zwischen der Geburt eines Kindes in diese Welt hinein und der Geburt des Geistes in eine höhere Welt ist so vollkommen, dass nicht einmal die Nabelschnur, die bis zuletzt die beiden Organismen verbindet, fehlt.

Und hier beobachtete ich etwas, wovon ich früher keine Ahnung hatte, nämlich, dass ein bedeutender Teil der Lebenselektrizität beim Bruch dieser Nabelschnur in den sterbenden Körper zurückströmt und sich dort gleich durch den ganzen Organismus ausbreitet - offenbar um den sofortigen Verfall zu verhindern.

Sobald der weibliche Geist, dessen Abtrennung vom physischen Körper ich beobachtet hatte, ganz befreit war, sah ich, wie er begann, die geistigen (fluidalen) Bestandteile der umgebenden irdischen Atmosphäre einzuatmen. Erst schien er nur mit Mühe diese neue Lebenskraft ertragen zu können, doch im Verlauf einiger Sekunden atmete er mit größter Leichtigkeit und Freude dieses Element ein und aus. Und nun sah ich, dass er in Besitz von Organen gekommen war, die in jeder Hinsicht denen entsprachen, die seinem abgelegten irdischen Körper gehörten, nur veredelt und verschönert.

Diese Änderung war jedoch nicht so durchgreifend, dass die Frau ihre Gestalt oder das Charakteristische in ihrem Äußeren verändert hätte. Sie glich ihrem früheren Ich in so hohem Maße, dass ihre alten Freunde - wenn sie von ihnen so gesehen worden wäre - ganz sicher ausgerufen hätten: Wie gesund du doch aussiehst! Wie hast du dich zu deinem Vorteil verändert!

Diese Verwandlung hatte zweieinhalb Stunden (!) gedauert, aber eine bestimmte allgemeine Zeitspanne für den Sterbeprozess gibt es natürlich nicht.

Ohne meine Stellung oder meine geistige Beobachtung zu ändern, fuhr ich fort, die Bewegungen des neugeborenen Geistes zu betrachten. Sobald die weibliche Gestalt sich an die neuen Elemente, die sie umgaben, gewöhnt hatte, stieg sie durch eine Willensanspannung von ihrem erhabenen Platz oberhalb des Leichnams herunter und ging durch die offene Tür aus dem Schlafzimmer, wo sie solange krank gelegen hatte.

Es war Sommer und alle Türen standen offen, so dass ich ihr mit dem Blick aus dem Hause und ins Freie folgen konnte. Es war eine Freude zu sehen, wie leicht sie vorwärts schritt. Sie schritt buchstäblich auf der Luft, ganz wie wir auf der Erde.

Gleich nachdem sie aus dem Hause getreten war begegneten ihr zwei freundliche Gestalten, und als sie zärtlich Wiedersehen gefeiert hatten, fingen sie an, durch die Luft in die Höhe zu steigen. Es war, als ob sie eine Vergnügungstour einen Berg hinauf machten.

Ich folgte ihnen mit meinem geistigen Gesicht, so lange ich konnte, aber bald entschwanden sie mir.

Ich kehrte in meinen gewöhnlichen Zustand zurück. Aber welcher Gegensatz! An Stelle der jugendlich schönen Gestalt, die ich eben entschwinden sah, lag nun hier der leblose kalte Leichnam, die Puppe, die der jubelnde Schmetterling vorhin verließ.

🦋🦋🦋

Der Tod hatte seinen Schrecken verloren. Es hieß nicht mehr:

*Wir **müssen** alle einmal sterben,*

sondern:

*Wir **dürfen** alle einmal sterben.*

Dadurch, dass die Menschen jetzt mehr Zeit hatten, konnten sie sich wieder den grundlegenden Fragen widmen.

Wer bin ich – was ist der Grund des Erdenlebens – was kommt danach usw.?

Durch die Ruhe ihres Daseins, das ohne Hetze verlief, war jetzt Raum für Intuition – für das Fühlen und für das Denken. Dadurch bekam Spiritualität einen wichtigen Platz im Leben der Menschen.

Vermehrt waren sich jetzt die Menschen auch der Geistwesen um sich herum bewusst und sie wussten, dass Kontakt zwischen Diesseits und Jenseits nicht nur möglich, sondern auch erwünscht war.

Nicht wie die Kirche in Unwissenheit predigt: *Lasst die Toten ruhen*. Es gibt doch gar keine Toten. Es gibt nur einen verwesenden Körper und den lässt man schon freiwillig in Ruhe. Was will man auch damit? Das was wir geliebt haben ist erhalten geblieben, nur diesmal in einer feinstofflichen Form, einem Geistkörper. Vorübergehend können wir den vielleicht nicht sehen, nicht anfassen. Aber auch wir werden irgendwann feinstofflich und dann steht einer Zusammenkunft und einer Umarmung, einer Berührung nichts mehr im Wege. Freuen wir uns darauf!

In den Kirchen wird gebetet: *Herr, hol uns heim ins Reich!* Hat der „Herr" aber einen geholt, dann wird getrauert und geheult anstatt ein Fest zu feiern (was in einigen Kulturen auch getan wird).

Trauer ist nur der eigene Verlust den man betrauert. Natürlich können wir den Verlust beweinen, doch immer in dem Wissen, dass es dem von der Erde Gegangenen jetzt gut geht und wir ihm das von Herzen gönnen. Wir Zurückgebliebenen müssen uns zwar erst darauf einstellen und manchmal trägt man die Sehnsucht auch ein Leben lang mit sich. Dann ist man schon mal wütend, beleidigt, frustriert und unendlich traurig, schimpft und wütet gegen den Gegangenen. Das ist nicht falsch. Es ist wie es ist und hilft einem, mit dem derzeitigen „Verlust" fertig zu werden.

Die „Verstorbenen" wissen das und stehen hilfreich zur Seite, auch wenn wir sie nicht sehen können. Und oft versuchen sie verzweifelt sich bemerkbar zu machen, um uns spüren zu lassen, dass sie anwesend und wir nicht alleine sind.

Vielen Erdmenschen ist in der Neuzeit die Sicht in die andere Welt gegeben. Sie bekommen Bilder und empfangen die Emotionen der Geistwesen. Wann immer ein medialer Mensch zu Kontakten bereit ist, finden sich viele Geistwesen ein, bevorzugt die eines Nahestehenden. Sie alle lieben den Kontakt mit uns Erdenmenschen. Und immer wollen sie uns sagen, dass wir uns keine Sorgen um sie machen sollen, weil es ihnen gut geht und sie sich in ihrem Geistkörper sehr wohl fühlen.

Oft erzählen sie auch von ihrem jetzigen Leben. Viele gehen dem nach, was sie auch im Erdenleben gerne getan haben. So wird sich ein zu Lebzeiten leidenschaftlicher Gärtner auch dort wieder den Pflanzen widmen. Oder ein Musiker wird auch dort wieder Musik zur Freude der anderen Wesen machen.

Es ist interessant einen Musiker im Erdenleben zu fragen, wie es denn zu diesem oder jenem Song gekommen ist. In der Regel antwortet er, es sei ihm zugeflogen. Man sagt, es gäbe nichts auf der Erde, was nicht vorher in der geistigen Welt entstanden ist.

Die „Verstorbenen" erzählen aber auch, dass der Eintritt in die geistige Welt oft nicht sehr einfach für sie war, da nach dem Austritt aus dem materiellen Körper auch ihr ganzer Lebensfilm vor ihnen ablief. Schmerzhaft war für sie zu sehen, wo und wie sehr sie andere Menschen verletzt hatten, wo sie Leid und Traurigkeit verursacht hatten und wo Ignoranz und Gedankenlosigkeit den Menschen Schaden und Schmerz zugefügt hatte.

Es war nicht leicht, sich selbst anschauen zu müssen und sich dem zu stellen. Es konnte nicht rückgängig gemacht werden, und es gab auch keine Wiedergutmachung. Es gab nur Einsicht, Entsetzen und tiefe Scham. Doch sie waren damit nicht allein gelassen. Höher entwickelte Geistwesen nahmen sich ihrer an und führten sie sanft durch das Tal der Tränen. Ihnen wurde die Zeit gelassen, die sie brauchten, um sich wieder annehmen zu können. In dieser Zeit trafen sie auch auf all diejenigen, auch auf die Vergessenen, die in ihrem Leben eine Rolle gespielt hatten. Das war eine große Freude. Und auch die halfen dem Neuankömmling.

Auch Tiere gehen diesen Weg. Sie verschwinden nicht mit ihrem körperlichem Tod, denn auch ihre Körper waren beseelt. Ist kein Angehöriger des Tieres in der geistigen Welt, der es gleich in Empfang und zu sich nimmt, dann gibt es wunderschöne Tierreiche in denen sie sich wohlfühlen und dort auch liebevoll betreut werden, bis ihr Mensch auch in der geistigen Welt ankommt.

Ich kenne einen Fall, indem eine Mutter im Leben nicht immer Recht an ihrer Tochter gehandelt hat. Die Tochter hatte einen Hund, den sie sehr liebte und der schon verstorben war. Als die Mutter dann aber, nach ihrem Tod, sich in der geistigen Welt gefunden und sich vom Erdenleben wieder erholt hatte, nahm sie den Hund, der bis dahin im Tierreich war, zu sich. Damit sprach sie nicht nur ihren Dank für die liebevolle Fürsorge der Tochter in ihrem Leben aus, die sie bis zum Schluss betreute. Sie wollte damit auch etwas zurückgeben, da sich Hund und

Tochter sehr geliebt hatten. Und oft melden sich beide bei der Tochter, die sie wahrnehmen kann.

Zum Schluss noch:

**Ein indianisches Gebet über die Vergänglichkeit des Lebens!**

Verfasser unbekannt

Wenn ich nicht mehr da bin,
dann lasst mich los, lasst mich gehen,
ich habe so viele Dinge zu tun und zu sehen.

Weint nicht, wenn ihr an mich denkt,
seid dankbar für die schönen Jahre.
Ich gab euch meine Freundschaft,
doch ihr könnt nur erahnen,
welches Glück ihr mir gegeben habt.

Ich danke euch für die Liebe,
die mir jeder von euch erwiesen hat.
Doch jetzt ist es Zeit, allein zu reisen
und für einige Zeit werdet ihr leiden,
doch die Zuversicht wird euch stärken
und euch Trost bringen.

Wir werden für einige Zeit getrennt sein,
lasst es zu, dass gute Erinnerungen
euren Schmerz lindern.
Ich bin nicht weit
und das Leben geht weiter.
Wenn ihr es braucht,

dann ruft mich
und ich werde kommen.

Auch wenn ihr mich nicht sehen
oder berühren könnt, ich werde da sein.
Und wenn ihr in eure Herzen lauscht,
werdet ihr sie deutlich fühlen,
die Süße der Liebe, die ich euch bringe.

Und wenn es Zeit ist für euch zu gehen,
werde ich da sein,
um euch willkommen zu heißen.
Geht nicht an mein Grab um zu weinen,
ich bin nicht da,
ich schlafe nicht.

Ich bin tausend Winde,
die wehen,
ich bin das Funkeln
der Schneekristalle,
ich bin das leuchtende Gold
der Weizenfelder.

Ich bin der sanfte Regen im Herbst,
ich bin das Erwachen der Vögel
in der Morgenstille,
ich bin der Stern,
der in der Nacht erstrahlt.
Geht nicht an mein Grab um zu weinen,
ich bin nicht da,
ich bin nicht tot.

13. Kapitel

# Verantwortung selber übernehmen

Haben sich die Menschen der vergangenen Zeitepoche jegliche Verantwortung von den Regierenden aller Länder nehmen lassen, und haben sich damit in eine Leibeigenenposition gestellt, so trug in der Neuzeit jeder wieder gerne Verantwortung - für sein Leben, für das seiner Kinder, für seine Familie, für die Alten und Gebrechlichen, für die Kranken, für das Gemeinwohl, für seine Stadt, für sein Land, für alle Wesen, für alle Tiere, für die Natur und für die ganze Erde.

Jetzt besaßen die Bürger einen Personenidentifikationsausweis und musste nicht einen Personalausweis unterschrieben, der einen in der Hauptsache als Angestellten für bestimmende Machtstrukturen auswies. Jeder tat das, was er tun konnte. Dadurch flossen nicht mehr Milliarden Geldbeträge auf Nimmerwiedersehen in unterirdische Kanäle und zu der Spezies, die das Sagen hatten.

Jede Stadt, jeder Ort war in übersichtliche Gemeinschaftsverbindungen aufgeteilt, um die sich die Anwohner kümmerten. Man beauftragte nicht irgendwelche Firmen zu einem Horror-Stundenlohn, (drei halten die Schaufel oder das Kabel und nur einer tut was) um etwas zu tun, was man selber tun konnte. Dadurch reduzierten sich die Kosten, der ganze Verwaltungsapparat fiel weg, man behielt den Überblick und fühlte sich für einen bestimmten Bereich, für den man sich engagierte, verantwortlich. Die Menschen hatten Zeit und waren gewillt sich einzubringen. Man kommunizierte wieder miteinander, man kannte sich. Das gab Sicherheit.

Nicht wie in unserem Zeitalter, in dem nur gehetzt und gerannt wurde. Getrieben und manipuliert von den Verantwortlichen, die ausschließlich dem Wirtschaftsdenken verfallen waren. Da war kein Miteinander mehr möglich und oft wurde man erst auf den Nachbar aufmerksam, wenn sein Körper am Verwesen war und der Leichengeruch durch die Hausflure kroch.

Wie schon beschrieben, galt dies auch für den Straßenverkehr. Es gab Hinweisschilder, aber keine Bestimmungen. Jeder fuhr oder bewegte sich rücksichtsvoll dem Verkehr angepasst. Und es gab keine alleinherrschenden Konzerne, die Form und Antrieb der Fahrzeuge bestimmten. Jegliche Kreativität war nicht nur erlaubt, sondern akzeptiert und gewollt, solange sie keinen Schaden und keine Behinderung darstellte. Um dies zu überprüfen, gab es Prüfstellen, die von allen freiwillig genutzt wurden, da niemand Schaden anrichten wollte und man sich hier gute Tipps einholen konnte. Viele neue Ideen kamen zum Tragen.

Auch wurde weitestgehend auf den ganzen elektronischen Firlefanz verzichtet. Man hatte den Tatsachen ins Auge gesehen, wusste darum, wie schädlich es war sich dieser Strahlung auszusetzen. Denn es hatte eine Zeit gegeben, in der alleinherrschende Konzerne, die dem Mammon aufgesessen waren, unter der Last ihrer Lügen zusammenbrachen. Selbstfahrende Autos hatten sich deshalb nicht durchgesetzt. Zum Einen wegen der gesundheitsschädigenden enormen Strahlung, zum anderen wollte man sich nicht den Fahrspaß und das Gefühl der Unabhängigkeit in der Beweglichkeit von verirrten, verwirrten Konzernen und den Vorgaben der Regierenden nehmen lassen. Im Wort Regierung steckt das Wort *Gier*. So war deren Vorstellung, dass man im selbstfahrenden Auto schon mal arbeiten kann. Die Gelder würden dann wie vieles andere auch in die Erhöhung ihrer „Diäten" fließen, wie das fälschlicherweise genannt wurde. Denn der Einzige, der auf Diät gesetzt wurde, der auf etwas verzichten musste, war der Bürger. Das hatte er auch immer brav zugelassen. Weder die Reichen mit ihren steuerlichen Schlupflöchern, noch die Regierenden selber hatten je irgendeine Diät gemacht. Es sollte also keine Zeit verlorengehen, die was einbrachte und den Menschen Zeit zum Nachdenken ließ.

Weil Macht und Gier im neuen Zeitalter keinen Bestand mehr hat, lernt man gerne voneinander, will nie Alleinherrscher sein, sondern ist immer im Einheitsgedanken mit allen fest verankert. Machtgedanken haben keinen Zutritt mehr. Die Menschen haben erkannt, dass Macht einsam und misstrauisch macht und freundschaftliches Gebaren nicht der Liebe entspricht, sondern dem Vorteilsdenken. Das verhärtet das Leben.

Eltern übernahmen wieder die Verantwortung der Zeit und der Liebe für ihre Kinder. Dadurch können sie die Kinder, entsprechend ihren Anlagen ins Leben führen und auch Veränderungen an ihren Kindern wahrnehmen. Was für eine schreckliche Epoche, in der Eltern nicht mitbekamen, dass ihre Kinder außerhalb und oft auch innerhalb der Familie ausgeschlossen und gemobbt wurden. Das sie zu Tausenden, oft jahrelang missbraucht, sexuell missbraucht, benutzt, geschlagen und gedemütigt wurden – und Eltern die Veränderung, die durch solche Erlebnisse zwangsläufig bei den Kindern eintritt, nicht bemerkten.

Es reicht nicht, sie in Markenklamotten zu stecken und ihnen alle möglichen Abschiebekurse zu ermöglichen. Es reicht auch nicht, sich selber gerne als Märtyrer zu sehen, um für sich das Gefühl zu kreieren, alles Erdenkliche für seine Kinder getan zu haben. Das in dieser Zeit neu geprägte Wort *Helikoptereltern* dient lediglich der Verschleierung für *schnelle Abschiebung in Unterbringungen außerhalb der Elternzeit.*

Kinder brauchen für eine gute Entwicklung die Liebe ihrer Eltern, ihre Umarmung, ihr Lob, ihre sanfte Führung. Sie brauchen die Zeit ihrer Eltern, die Gemeinsamkeit und das Spiel mit ihren Eltern.

Die Menschen der vergangenen Zeitepoche standen unter massiver Manipulation durch das Wirtschaftsdenken und dem Machtanspruch der Mächtigen und deren Einfluss auf die Medien.

Erstaunlich, dass in noch früheren Zeiten ein Vater seine ganze Familie ernähren konnte, die oft aus seiner Frau und vielen Kindern bestand, manchmal auch noch aus Oma und Opa. Das wirft die Frage auf, wieso in unserem technisch hochentwickeltem Zeitalter, indem Technik zur Entlastung der Menschen geschaffen wurde (so sagte man es dem Volk), dies nicht greift. Auch wenn beide Elternteile arbeiten, reicht es oft nicht, um all seine überteuerten Rechnungen begleichen zu können, gesunde Lebensmittel zu kaufen (man geht zur Tafel) und am Leben teilzunehmen (abends schlagkaputt vom arbeiten vor dem Fernseher).

Der Emanzipationsgedanke der 60er Jahre war ja nicht schlecht. Den Frauen sollten die selben Rechte eingeräumt werden wie den Männern. Leider sah das dann folgendermaßen aus: Hatten Frauen früher Haushalt und Kinder zu versorgen, ihrem Mann den Rücken freizuhalten und ihm eine gute Ehefrau zu sein, so durften Frauen nach dieser, meiner Meinung nach, nicht gelungenen Emanzipation auch noch für den Unterhalt der Familie aufkommen. Eine völlige Überlastung und Überforderung der Frauen ist die Folge, die Kinder blieben auf der Strecke und das Volk fragt sich: *Was ist nur mit unseren Kindern, mit unserer Jugend los?*

Die Frage wäre eher: *Was machen die Erwachsenen falsch? Was stimmt am Gesellschaftssystem nicht?*

Wirkliche Emanzipation/Gleichstellung der Geschlechter kann nur in den beiderseitigen Möglichkeiten, auch unter Berücksichtigung der Kinder, hergestellt werden.

Ich schließe in die Gleichstellung auch den Mann mit ein, der am Aufwachsen seines Kindes nicht nur finanziell beteiligt sein sollte und sie nach getaner Arbeit gerade noch schlafend in ihren Betten sieht.

Kinder brauchen Mutter und Vater und einen Clan um sich herum, der ihnen Geborgenheit und Sicherheit gibt. Dies ist in dieser Endzeit völlig aus dem Ruder gelaufen. Jeder ist für sich, jeder ist der Feind des anderen. Verwandte sind in alle Welt verstreut, die Alten nur noch Last. Und es gibt keinen Ersatz für die Sicherheit der Zugehörigkeit.

Diese unselige Entwicklung hat aus dem schönen und vielfältigen Erdplaneten, der das Paradies hätte sein können, eine Hölle gemacht. Dieses aber wurde von den Mächtigen, in Verwirrung des Machtanspruchs, an der Entwicklung gehindert und vom Volk unhinterfragt übernommen. Das wird diese vierte Epoche zerstören. Da hilft auch kein erwirtschaftetes Geld mehr.


Tiere werden in der Neuzeit nicht mehr bestialisch gequält, nur damit sich der Mensch den Magen wahllos mit Aas vollschlagen kann. Das macht niemanden satt und man erkannte, dass der Hunger dieser Zeit nicht im Magen gestillt werden konnte, weil er im seelischen Bereich lag. Miteinander und Liebe fehlten dieser Zeitepoche. Deshalb werden Tiere jetzt als Mitgeschöpfe gesehen, die ihr eigenes Programm auf der Erde haben. Man liebt sie und lässt ihnen Platz auch ihr Leben zu gestalten.

Ins Leben der Menschen integrierte Tiere, wie Hund und Katze zum Beispiel, haben ihren Platz in der Gesellschaft bekommen. Man sieht keine Hundebesitzer mit Tüten herumlaufen, um den Kot ihrer

Lieblinge aufzusammeln. Auf allen Wegen gibt es jetzt einen Grünstreifen und Grünfläche wo immer Platz ist, auf dem sich die Tiere erleichtern können. Zur Reinigung dessen fährt eine Person (in der Regel melden sich dazu die Hundebesitzer) auf einem kleinen Gefährt, einem Staubsauger gleich, durch die Straßen und Wege und saugt die Hundehäufchen auf. Der Ort bleibt dadurch sauber.

Finanziert wird dies von den Abgaben, wie alles andere, was nicht von den jeweiligen Anwohnern selber gemacht werden kann.

Die Geldfrage wird in der Neuzeit folgendermaßen geregelt: Nicht etwa 90% des Weltvermögens liegt bei ein paar wenigen, die enorme Summen verdienen. Die geerbt oder einfach nur mehr Glück in ihrem Leben hatten, oder auch durch unlautere Machenschaft zu viel Geld und Besitz gekommen waren. Während der Rest kaum wusste wie er seine überteuerten Rechnungen bezahlen soll und ein Großteil der Menschheit täglich an Hunger und Unterernährung stirbt.

Zunächst wurde der Verdienst einander angepasst. Das sieht so aus, dass in den Firmen, nach Abzug aller Kosten, unter der ganzen Belegschaft und der jeweilig geleisteten Stunden das Einkommen anteilig aufgeteilt wird. Jeder hat somit einen genauen Überblick über Gewinn und Verlust der Firma und damit auch das Interesse am Bestehen „seiner" Firma. Man geht nicht mehr lustlos zur Arbeit, haut sein Pensum herunter und ist froh wenn endlich Feierabend ist und man gehen kann.

Mit diesem neuen System wird der Gemeinschaftssinn gefördert. Das ist von großer Bedeutung, da aus der vergangenen Zeitepoche nichts davon in die Neuzeit herüber geschwappt war. Da war schlichtweg nichts vorhanden, was hätte schwappen können. Es bedurfte deshalb sehr viel Aufklärung und Vorleben, um ein großes Umdenken bei den Menschen zu bewirken. Doch es gelang und schaffte mehr Selbstbewusstsein und mehr Selbstwert. Keiner ist mehr der Schütze Arsch, den alle Salven, die abgefeuert werden, treffen und er sie hinnehmen muss. Man hat Mitspracherecht und ist auf Augenhöhe mit all den anderen.

Die Menschen haben jetzt auch Mitspracherecht über das, was mit ihrem erwirtschafteten Geld passieren soll. Ein kleiner prozentualer Beitrag eines jeden Einkommens wird in Projekte eingezahlt, die der Einzahler als wichtig erachtet. Über Notwendigkeiten gibt es für jeden einsehbare Listen. Jeder entscheidet selber. Er behält den Überblick und sein Geld fließt nicht in Kanäle, die er niemals gewillt wäre, sie zu unterstützen.

Viel Unsinniges, enorm viel Geld verschlingendes und nicht Einsehbares war abgeschafft worden. Alles was auf Machtanspruch und Machtausübung ausgerichtet war – wie der ganze Regierungsapparat, das Militär, die Justizbehörden und die meisten Verwaltungsämter, die gab es nicht mehr. Alles was Akten hin und her schob, selber keinen Durchblick hatte, nur dumm herum schwadronierte und zu Entscheidungen nicht fähig war, konnte nun eingespart werden.

Als groben Überblick führe ich ein kleines Beispiel meiner Recherche für jährliche Ausgaben an:

| | |
|---|---|
| Steuerverwaltung: | etwa 9 Milliarden |
| Rentenversicherung: | etwa 2 Milliarden |
| Justizbehörden: | etwa 3 Milliarden |
| Jobcenter: | etwa 6 Milliarden |

Was könnte man allein damit schon alles in Ordnung bringen. Und das ist noch lange nicht alles.

Auch Geheimdienste verschwanden. Man brauchte sie nicht mehr, denn alles war öffentlich und für jeden zugänig. Gerne gab man auch neue Ideen weiter, die dem Wohle aller dienten, sodass jeder davon profitieren konnte.

Es gab nur noch eingerichtete Stellen in allen Regionen, die zur Hilfe der Menschen, für ihre Fragen und sonstigen Belange zur Verfügung standen.

Für das freiwillige Einbringen in der Gemeinschaft wie z.B. in den *Findyou* Häusern, den Schulen, für Reinigungen, Ausbesserungsarbeiten oder Verschönerungen im Gebiet, gab es eine große Pinwand, auf der alles Benötigte draufstand. Auch Menschen, die kurzfristig mal Hilfe von ihren Mitmenschen brauchten, vielleicht zum Einkaufen oder einen der den Hund Gassi führte, weil sie gerade eine Grippe oder ein gebrochenes Bein hatten, auch dafür war die Pinwand.

Jeder hatte also die Möglichkeit sich an die Gemeinschaft zu wenden, oder sich in ihr einzubringen, ohne vorherige langwierige Anträge an Macht- und

Hin-Her-schiebende Institution stellen zu müssen, die meist erst bearbeitet wurden, wenn die Krise vorbei war. Durch dieses System wurden Milliarden Gelder eingespart und die Nerven der Hilfesuchenden geschont. Es gab weniger psychisch Kranke zu verzeichnen, was die Krankenkassen entlastete und Ärzte nicht mehr wegen Überlastung ins Ausland fliehen ließ. Und es gab weniger Selbstmorde, weil die Menschen nicht mehr weiter wussten. Somit reichten die kleinen Abgaben aus den Einkommen der Menschen, um finanzielles damit zu regeln.

Auch bei den Reichen war mit der Zeit ein Umdenken erfolgt. Nachdem Zwangsenteignungen reichlich Wirbel verursacht hatten und weitere gewaltsame Umverteilungen des Vermögens im Gespräch waren, entschied man sich für freiwillige Abgaben und fand im Zuge des Umdenkens auch Freude daran, sich am Gemeinwohl zu beteiligen. Auch in diesen Kreisen hatte der Gemeinschaftssinn Fuß gefasst. Sie gaben freiwillig und gerne ab, um die Erde und das Leben auf ihr in Ordnung zu bringen. Jetzt fühlten sie sich verantwortlich, den Mangel in allen Ländern mit ihren, ihnen vorhandenen Mitteln zu beenden, um Hunger und Kriege endlich und für immer auszuschließen.

Jeder entschied sich für ein Projekt, das ihm am Herzen lag und das dafür benötigte Geld floss nicht durch hundert Stellen, die alle was vom Kuchen abhaben wollten, sondern kam als vollständiger Betrag dort, wo er benötigt wurde, auch an.

Banken hatten nicht mehr freie Hand, mit dem Vermögen des Volkes ihr eigenes Wohl zu sichern. So wie es im Ursprung sein sollte, sahen sie sich jetzt als *Diener des Volkes* und nicht als Machthaber ihrer erschaffenen Leibeigenen, die man kräftig auslutschen konnte.

Militär und Waffenherstellung für Kriegswaffen, unsinnige Forschungen, Atomtests und auch die Weltraumforschung, um nur den Reichen den Abgang vom Erdplaneten zu ermöglichen wenn es brenzlig wurde und hier kein Leben mehr möglich war, wurden eingestellt. Die gab es nicht mehr. Viele finanzielle Mittel waren damit für wirklich Sinnvolles übrig. Mannigfaltige Projekte entstanden. Die Wälder, die seinerzeit in Gier gerodet worden waren, wurden wieder aufgeforstet. Dadurch, und durch das Ende der Massentierhaltung, der Luftverschmutzung durch Schadstoffe, sei es von Firmen, Flugzeugen, Schiffen oder sonstiger Umweltverschmutzender Mobilität und der Meeresverschmutzung, wie auch der Erdausbeutung von Öl und anderen Rohstoffen, änderte sich das Klima.

Die neue Gesinnung der Menschen sorgte für reichlich Wachstum gesunder Nahrung auf dem ganzen Erdplaneten. Es reichte für alle. Niemand ging mehr achtlos mit den Ressourcen um. Nichts wurde weggeschmissen, alles fand noch Verwendung. Dadurch verschwanden die Müllberge und die Erd- und Wasserverseuchenden unterirdischen Giftmülldeponien.

Um soweit zu kommen – so wurde uns erzählt - hatte es mehrere Generationen des Umdenkens bedurft. Aber auch des nicht von Konzernen und Regierung manipulierten Forschens und Ausprobierens in die richtige Richtung, nämlich der Ursachenbehebung und nicht der Symptombehandlung als Volksverarschung. Dazu muss man wissen, dass Wissenschaft und Forschung nie das Ende einer Fahnenstange sind. Beides entspricht immer nur dem momentanen Bewusstseinszustand, hat deshalb keinen Bestand und ist veränderlich. Doch alles was veränderbar ist, ist nie Wahrheit, denn Wahrheit ist unveränderlich. Viele finanzielle Mittel wurden also freigesetzt. Selbst die Pharmakonzerne, jetzt nur in kleinen übersichtlichen Instituten tätig, setzten nicht mehr auf Symptombehandlung, die nicht heilt sondern unterdrückt, und mit ihren Nebenwirkungen auch schreckliche andere Leiden hervorruft. Sie waren jetzt glühende Vertreter der Ursachenfindung und –behebung und fernab davon den Mensch als Chemielabor zum Zwecke unendlichen finanziellen Gewinns zu benutzen. Pflanzen und Kräutern wurde wieder der Platz eingeräumt, für den sie sich bereit gestellt hatten. Nämlich allen Wesen der Erde Heilung, Nahrung und Werkstoffe zu ermöglichen. Wie wundervoll!

In allen Ländern wurde Wissen ausgetauscht, freiwillig, umsonst oder für einen kleinen Bonus der Urheberanerkennung. Das Leitmotiv war jetzt:

*Allen Menschen, allen Wesen, allen Tieren, allen Pflanzen, der ganzen Natur und dem ganzen Erdplaneten - unserer Mutter Erde sollte es gut gehen.*

Damit hatte das Internet nun einen würdigen Platz erhalten. Es brachte nicht nur Wissen und Ideen zusammen, sondern auch Bewusstsein. Man tauschte sich aus und mit der Zeit wurden dämliche

Kommentare durch wirklich Brauchbares und Sinnvolles ersetzt.

Auch die Verantwortung abweisender Telefon-Hotlines, deren Mitarbeiter oft ohne wirkliches Wissen Kommentare und Weisungen von sich gaben, gab es nicht mehr. Jeder konnte, für das was er sagte, auch in die Verantwortung genommen werden.

Jedem einzelnen war jetzt wichtig, den Mangel der ganzen Welt zu beheben, Mensch und Tier aus dem Leid zu holen und die Natur dabei nicht auszubeuten. Fülle war schon immer vorhanden. Doch der Verstand der Menschen musste erst von seinen Begrenzungen befreit werden, um die Fülle auch leben zu können. Dies war nur gelungen, indem alle Machtstrukturen ausgerottet wurden, Konkurrenzdenken fiel und der Einheitsdanke durch die Welt waberte wie aufsteigender Nebel nach einer dunklen schwarzen Nacht. Ganz allmählich, mit jedem liebevollem Gedanken der Einheitlichkeit, bahnte sich die Sonne den Weg durch den Nebel falschen Denkens und der Dummheit und erwärmte mit ihrem Licht die Herzen der Menschen.

Ein neues Zeitalter war geboren.

Es gab auch keine Ländergrenzen um ein Terrain der Macht abzugrenzen. Grenzen waren mehr Symbolik für das Leben in den verschiedenen Gebieten, den Kulturen und den Lebensgewohnheiten in ihnen. Handel unter den Ländern betrieb man in einer Einheitswährung, ohne den ganzen Brimborium von Steuern, Zöllen uvm..

So fanden keine Völkerwanderungen mehr statt, die auf der Flucht vor dem System und ihren Machthabern waren. Jeder Bewohner eines Gebietes hatte Mitspracherecht und das Motto war: *Einheit.*

Natürlich war auch ein Wechsel in andere Regionen möglich. Manches Mal aus beruflichen Gründen, der Liebe wegen, dem Klima wegen oder auch wegen einer Gesinnung, die besser in einem anderen Gebiet gelebt werden konnte. Zwar waren alle Gebiete auch mit Namen versehen, wie bei uns z.B. Arabien, Russland, Indien usw.. Doch das Denken der Menschen zu diesen Bezeichnungen galt nur der Übersicht der Weltaufteilung, in der jeder ein gleichwertiger Mensch war und ein individuelles Blatt am Baum des Lebens, welches der selben Quelle entsprang.

Zwangsintegrationen wegen Flucht vor unfähigen Machthabern, die nur Hass durch Bevormundung erzeugten, wie in unserer Zeit, gab es nicht mehr. Menschen, die ihr Heimatland verließen, taten dies freiwillig und integrierten sich deshalb unproblematisch. Durch die Zusammenarbeit und dem Zusammenhalt aller Menschen wurde Mangel in allen Völkergruppen der Erde ausgeschlossen. Gier und Macht waren dem Einheitsgedanken gewichen. Man gab Wissen gerne, auch unentgeltlich weiter. So war Verbesserung überall möglich und die Kulturen blieben bestehen.

*Das Leben ist schön,*
*wenn jeder dein Freund ist.*

14. Kapitel

# Zurück in die Schwere

Eines Abends ließen wir den Tag, wie so oft, in einem der Strandkörbe am Meer Revue passieren, als wieder ein Jetboot aus dem Nebel auftauchte und auf uns zuhielt. Und wieder, wie zu Beginn unserer Reise, entstieg ihm der Mann, der uns vor langem in die Zeitlosigkeit abgeholt hatte.

*Ich bin gekommen, um euch dahin zurück zu bringen, wohin ihr gegenwärtig noch gehört.* Wir versuchten mit ihm zu verhandeln, denn wir wollten nicht mehr in unser dunkles, rastloses Leben zurück. Hier waren wir zur Ruhe gekommen. Inmitten friedfertiger und fröhlicher Menschen genossen wir das Leben in seiner ganzen Fülle.

Wir hatten begriffen, dass Macht und Herrschertum nicht dazu geeignet sind, um den Menschen der Erde Zufriedenheit zu ermöglichen.

Wir hatten begriffen, dass Kinder die Zeit, die Liebe ihrer Eltern und das Wohlwollen der Gesellschaft für ihre Entwicklung brauchen. Dass Eltern eine der wichtigsten Aufgaben zukam, um ein lebenstüchtiges und lebensfrohes Volk hervor zu bringen. Und das ihnen dafür große Achtung gebührt.

Dass das Schulsystem den Familien, und die Arbeitszeiten dem Biorhythmus der Menschen angepasst werden muss.

Wir hatten auch begriffen, dass Gemeinschaftssinn und das tatkräftige Einbringen in die Gemeinschaft Sicherheit erzeugt.

Dass den jungen Menschen Zeit und Möglichkeiten geboten werden müssen, um ihre Fähigkeiten und Talente, zum Zwecke der Selbstfindung, zu entdecken.

Wir verstanden auch, dass Chemie weder in die Natur, noch an oder in unsere Körper gehört. Alles was wir brauchen ist in der Natur für alle in reiner Form und in Fülle vorhanden.

Wir wussten jetzt auch, dass die Erde nicht ihrer Ressourcen beraubt werden darf und die Wälder nicht abgeholzt. Das alles präzise für ein Leben auf diesem Planeten angelegt ist.

Dass auch unsere Ernährung aus naturbelassenen Lebensmitteln und reinem Wasser bestehen soll.

Aber auch, dass die Tiere mit einem eigenen Programm auf der Erde weilen und nicht dazu da sind, unsere Mägen zu füllen.

Wir begriffen, dass Alt und Jung unterschiedliche Lebensweisen und Bedürfnisse haben und dafür passenden Lebensraum benötigen, ohne sich gegenseitig auszuschließen.

Dass kranke Menschen erhöhte liebevolle Aufmerksamkeit bedürfen, weil Krankheit ein Mangel darstellt, der ausgeglichen werden muss.

Dass Symptombehandlungen nicht der Heilung dienen, sondern einzig die Ursachenbehebung heilt.

Dass Kriminelle keine bösen Menschen sind, sondern ihrer lebensnotwendigen Bedürfnisse (in der

Regel schon in der Kindheit) beraubt wurden und nur so böse, schlimme Taten entstehen können.

Wir begriffen, dass Urteile über andere Menschen zu fällen immer Unwissenheit des großen Ganzen ist und nur dazu dient, sich selber zu erhöhen.

Wir verstanden spirituelle Akzeptanz, die sich in verschieden Ritualen zeigt, allein deshalb, um die eigene innere Spiritualität zu entdecken.

Wir wussten jetzt, dass es keinen Tod gibt, da der Körper nur das Gefährt ist, um uns in der Welt der Materie agieren zu lassen.

Dass wir alle Seelen sind, die auf der Erde nach verloren gegangenen Seelenanteilen suchen, die in diesem und in voran gegangenen Leben abhanden gekommen sind.

Das wir deshalb alle nicht komplett und nicht perfekt sind, sondern jeder Einzelne auf der Suche nach sich selbst in seiner Vollkommenheit ist.

Und das diese Suche unser aller Toleranz und Akzeptanz bedarf, da dies in unterschiedlicher und uns nicht immer verständlicher Weise geschieht.

Wir verstanden den Baum des Lebens. Begriffen, dass wir aus der Wurzel unsere Nahrung ziehen. Dass der Stamm uns Stand gibt, um im Leben anzukommen, und das die Zweige der Weg zur Individualität sind. Dass sich diese in den Blättern zeigt und das, wie auch bei uns Menschen, keines dem anderen gleicht. Genau wie unser aller Lebenswege, die sich nicht gleichen. Dennoch nähren wir uns alle durch dieselbe Wurzel.

Wir begriffen auch, dass jeder Gedanke den wir aussenden unter all unseren Mitmenschen zirkuliert. Dass wir deshalb nur Gedanken der Liebe, der Freude und des Friedens aussenden sollten.

Dass auch die Luft, die wir einatmen, bereits von unseren Mitgeschöpfen, auch von den Tieren, ausgeatmet wurde und wir beim Ausatmen sie wieder an andere weitergeben.

Vor allem aber hatten wir begriffen, dass es nur einen Weg zur Vollkommenheit und zum Heilsein gibt, nämlich den:

# In der Vielfalt die Einheit zu erkennen!

Und nun, am Ende unserer Reise kullerten dicke Abschiedstränen über unsere Wangen, flossen würdevoll den Hals entlang bis zu unseren Herzen. Wir wollten nicht fort aus diesem Frieden, dieser Fröhlichkeit und aus dieser Weltenordnung, die soviel Liebe untereinander beinhaltet.

Doch wir fühlten auch enorm viel Dankbarkeit für diese Reise, die wir erleben durften. Still stiegen wir in das Boot, hielten uns an den Händen und als Wind, Wasser und Wellen uns wieder in ihrer sanften Gewalt hatten, Materie immer dichter wurde, verschluckte uns das Meer.

Wir fanden uns wieder im Strandkorb, aus dem wir in die Zukunft gestartet waren und fühlten, dass wir wieder in unserem dichten, schweren Zeitalter angekommen waren. Verwirrt und ratlos, ob unseres gegenwärtigen Lebens, dem wir jetzt mit neuem Wissen begegnen mussten, gingen wir langsam in stiller Umarmung nach Hause.

Nach Tagen der Eingewöhnung und des Nachvollziehens des Erlebten erkannte ich, dass die Kristallhöhle meine Seele war und der See darin, der die Farbe meiner Augen hatte, die Augen meiner Seele waren. Jetzt wusste ich auch, warum mein Mann beim Eintritt in die Höhle gezögert hatte – er wollte nicht unbefugt eindringen.

Doch ich habe ihm Eintritt gewährt, weil ihm das die Gelegenheit gab auch seine eigene Kristallhöhle betreten zu können, um die Vielfalt und die Schönheit seiner Seele, seines Selbst, zu erkennen.

Wir Menschen haben eine tief verwurzelte Angst vor unserer eigenen Vollkommenheit. Wir glauben nicht, dass gerade wir es sein könnten. Dies hält uns zurück, uns selber zu erkennen. Wir ertragen unsere äußere Hülle und das was wir tun. Diese Oberflächlichkeiten können wir einschätzen, weil uns Oberflächlichkeit gelehrt wurde.

Doch alles um die Seele herum, ist nur ein Haufen vergänglicher Materie und durch Kultur und Erziehung manipulierte Fehlentwicklung. Viele Psychopathen mit leidvollem Denken und Tun bevölkern deshalb die Erde. Es sind alles Leibeigene der Herrschenden, die selber eine starke Fehlentwicklung aufweisen und dies an das Volk weitergeben.

Doch den Völkern gelang die Befreiung. Macht und Gier waren aus dem Denken der Menschen verschwunden.

Anstelle dessen zeigte sich Gemeinschaftssinn, der Sicherheit, Liebe und Toleranz auch für Andersartigkeit brachte. Es zeigten sich Möglichkeiten der Selbstfindung und Selbstbestimmung die Lebensfreude brachten. Mitbestimmung, die Gleichwertigkeit brachte. Verantwortung die Achtsamkeit brachte. Wohlgefühl das Wärme brachte. Und Fülle, die Würde und gute Gedanken zuließ.

Nur so ist Glücklichsein und Frieden möglich.

# Song des Lebens

von Helea H.
Botschafterin einer Armee der Wärme gegen eine eiskalte Übermacht

Stell dir vor,
alle Menschen ersetzen ihre Waffen
durch Musikinstrumente,
und überall in der Welt errichten sie
Tanzböden auf Kriegsgelände,
die Gefechtstrommeln würden ein
Herzschlag der Liebe sein
und die Kriegsmärsche der Weg
zu Einheit und Glücklichsein.

**Stell dir das mal vor!**

Stell dir vor,
alle Bomber flögen über
die Städte in Frieden,
verbreiteten die Nachricht
von Harmonie und vom Lieben,
keine Bomben würden mehr
vom Himmel fallen
und keine Gewehre mehr
auf Mensch und Tier gerichtet knallen.

**Stell dir das mal vor!**

Stell dir vor,
alle Nachrichtensender
berichteten von schönen Dingen
und alle Fernsehsender
würden gewaltfreie Filme bringen,
alle Filmemacher hätten Talent
lebenswertes Leben zu präsentieren
und sich nicht in Mord, Totschlag und
sonstigem manipulativem Dreck verlieren.

**Stell dir das mal vor!**

Stell dir vor,
alle Machthaber würden sich
als Diener des Volkes erkennen,
würden Gedanken, Wort und Tat
in Übereinstimmung bringen,
ihre Verordnungen und Gesetze
selber befolgen und erleben

und für Mensch, Tier und der ganzen Erde
nur das Beste erstreben.

**Stell dir das mal vor!**

Stell dir vor,
es gäbe Vertrauen
statt Verbot und Vorschrift
und an Stelle von Strafe
gäbe es Einsicht,
kein Urteil würde mehr
von Mensch zu Mensch gefällt,
weil jeder Täter auch ein Opfer ist
und einen Mangel im
Gesellschaftssystem darstellt.

**Stell dir das mal vor!**

Stell dir vor,
alle Erwachsenen würden sich
wie Vorbilder benehmen
und alle Alten sich nicht grimmig
ihres Alters schämen,
sie würden die jungen Menschen
weise ins Leben lenken

und ihnen damit Selbstwert, Bewusstsein,
Lebensmut und Lebensfreude schenken.

**Stell dir das mal vor!**

Stell dir vor,
alle Eltern würden statt Regeln
und Befehle Liebe geben,
sie hätten Zeit in Eigenverantwortung
mit ihren Kindern zu leben,
kein Arbeitsstress, Burnout und Gerenne
um jeden Cent und ums Anerkennen.

**Stell dir das mal vor!**

Stell dir vor,
alle Kinder könnten den Tag
ausgeschlafen beginnen,
mit ihren Eltern das Frühstück
gemeinsam verbringen,
niemand würde sie verschlafen
auf die Straße, in Schule und
Entsorgungsanstalten jagen,
in gelbe Westen verpackt
und ohne Anspruch sich zu beklagen.

**Stell dir das mal vor!**

Stell dir vor,
es gäbe menschenwürdige
Arbeitsstätten,
die frische Luft und
Tageslicht hätten,
die unsere Gesundheit
nicht langfristig ruinieren,
aber Stress, Burnout, Zwang
und Missmut eliminieren.

## Stell dir das mal vor!

Stell dir vor,
es gäbe Zeit sich auf
sich selbst zu besinnen,
um Einsicht in die Freuden
und die Zusammenhänge
des Lebens zu gewinnen,
Zeit um Familie und
Freundschaft zu pflegen
und Talente, Fähigkeiten
und Leidenschaften auszuleben.

## Stell dir das mal vor!

Und jetzt stell dir vor,
wir alle wären die Noten
im Song des Lebens,
ein jeder individuell und
in Einheit den Rhythmus gebend,
du bist die Gitarre, ich bin das Klavier,
auch Saxophon, Trommel
und Geige sind wir,
gemeinsam würden wir den Klang
des Lebens bestimmen
und mit Harmonie und Toleranz
lassen wir die Einheit in der Vielfalt erklingen.

## Das lass uns jetzt mal machen!

# ENDE

# Aufruf

Ich fordere die Musikindustrie aller Länder auf, Kriegswaffen gegen Musikinstrumente einzutauschen.

## Musik berührt und ist ein Seelenaktivierer!

Sie ist grenzenlos und unabhängig von Herkunft, Hautfarbe und Geschlecht. Sie verbindet die unterschiedlichsten Menschen und sorgt damit für Frieden auf unserem ganzen Erdplaneten.

## Das Zeitenkind
ISBN. 978-3-00-030836-9

ist die Lebensgeschichte eines Mädchens, deren Eltern sich mit Arbeit vor dem Leben verkrochen haben.

In Heimen entsorgt, immer allein und ständig auf der Suche nach Gemeinschaft und lebendiger Wärme führt ihre Suche auf direktem Weg in Drogensucht und Kriminalität.

Erst hier, in den Kreisen der gesellschaftlich Geächteten, wird Wärme, Liebe und Akzeptanz erstmalig Realität in ihrem Leben und sie erwirbt sich schnell Achtung auch bei den Größen der Unterwelt.

## Poesie aus dem Knast
ISBN. 978-3-9815636-3-4

ist ein von Inhaftierten geschriebenes Buch. Bewegende Gedichte, Songs, Raps und Gedanken spiegeln die Gefühlswelt „Krimineller" wieder und regen den Leser an, das Bild des skrupellosen Bösewichts zu überdenken.

Eine Vielfalt Bilder zeigt die zeichnerisch künstlerische Seite und versetzt den Betrachter in Erstaunen. Die Autorin hat sich hierfür in die „Höhle des Löwen" begeben und hat es nicht bereut.

186 Seiten beinhalten 58 Zeichnungen, 125 Gedichte, Raps, Songs und geschriebene Gedanken. Auch darin enthalten sind 37 Gedichte einer 14jährigen aus einem Mädchenheim.

Verlag: Helea Hammerschmitt
Email: helea500@web.de
Homepage: www.helea-hammerschmitt.de

## Junge Menschen brauchen Liebe
*die Zeit ihrer Eltern und*
*das Wohlwollen der Gesellschaft*
ISBN 978-3-00037616-0

Wenn Kinder und Jugendliche verhaltensauffällig werden, sind Eltern und Gesellschaft meist hilflos. Härtere Strafen, mehr Regeln, mehr Kontrollen haben bisher nicht zum erhofften Erfolg geführt.

Die Autorin beschreibt, warum Kinder und Jugendliche in Drogen, Alkohol, Gewalt und Kriminalität flüchten. Selber den Weg zwischen Himmel und Hölle gegangen, sind ihre Ausführungen oft schockierend, weil sie das Wertesystem unserer Gesellschaft angreifen und zum Umdenken auffordern.

### *Das kleine wütende Büchlein!*

## Lieber Gott mach mal!
ISBN 978-3-98-156361-0

Toleranz und Akzeptanz sind die Voraussetzung für ein glückliches Miteinander. Andersartigkeit entsteht immer durch die Geschichte dahinter. Vielfalt gibt dem Leben Farbe. Sie ist weder gut noch schlecht – sie ist! Darum urteile nicht, sondern erkenne hinter der Vielfalt die Einheit!

### *Ein fröhliches Büchlein zum Bessermachen!*

Verlag: Helea Hammerschmitt
Email: helea500@web.de
Homepage: www.helea-hammerschmitt.de